LA LETTRE FANTÔME

****

Roman policier

Philippe BEDEI

© 2025 Philippe Bedei
Édition : BoD - Books on Demand, 31 avenue Saint-
Rémy, 57600 Forbach, bod@bod.fr
Impression : Libri Plureos GmbH, Friedensallee 273,
22763 Hambourg (Allemagne)
ISBN : 978-2-3225-6146-9
Dépôt légal : Février 2025

1) Une bien mauvaise rencontre…

En ce samedi matin 4 janvier 2020, de très bonne heure, il n'y avait pratiquement personne qui « joggait » dans l'un des innombrables sentiers balisés de la forêt domaniale de Saint-Germain. Il est vrai que le froid y était vif, accentué par un vent irrégulier, parfois violent, « scarifiant » les visages des quelques rares habitués ne pouvant se résoudre à sauter une séance matinale de jogging. Melvin de Root faisait justement partie de cette confrérie informelle des « accros » du week-end. Ceux dont on peut dire qu'il faudrait un événement exceptionnel pour qu'ils renoncent à leur plaisir matinal. En clair, l'un de ces innombrables joggers amateurs sous emprise quasi quotidienne de l'endorphine qu'ils sécrètent à profusion.

En outre, de Root n'était pas seul. Son labrador, à l'œil vif et au poil noir, le suivait imperturbablement, en cadence, toujours deux mètres derrière. Cet animal était tellement habitué à cette séance de « footing » quasi quotidienne qu'il y avait bien longtemps qu'il ne s'intéressait plus aux odeurs avoisinantes. Il savait d'ailleurs qu'il pourrait plus tard bénéficier de davantage de libertés, notamment en soirée après le dîner. En attendant, il fallait bien suivre le rythme non négligeable de son maître, un homme, d'une bonne trentaine d'années, qui ne pouvait s'empêcher d'allonger la foulée dans la seconde partie de son jogging matinal. Et pourtant, au détour d'un virage un peu sec, le labrador s'arrêta net et se mit à aboyer. De Root commença à ralentir, se retourna sans toutefois s'arrêter, sautant sur place d'une jambe à l'autre et cria à son chien « *Hé bien, Tommy, qu'est ce qu'il t'arrive… ça ne va pas… allez viens…* ».

Mais le chien insista, se raidit sur place, et continua d'aboyer tout en fixant son maitre intensément. Au bout de quelques secondes d'atermoiements, le jogger revint sur ses pas tout en continuant de sautiller sur place et de parler à son chien *« Qu'est ce que tu as trouvé ? J'ai pas le temps de jouer… alors qu'est ce qu'il y a sous cette souche ? »*

À l'aide d'un bâton trouvé sur place, de Root commença à triturer une zone terreuse sur laquelle avaient poussé diverses mauvaises herbes. Le chien s'était arrêté d'aboyer et commença à coller sa truffe dans la zone sensible qu'il avait identifiée, aidant en quelque sorte son maître qui continuait sa recherche incertaine. Quand bientôt, quelque chose d'anormal apparu, pas très net cependant. « *Qu'est-ce que c'est que ça… un collier ? Mais soudain, le visage de de Root se raidit* « m… mais c'est quoi, ça… on dirait une main… la vache, mais oui, c'est le squelette d'une main ça… put… mon jogging est foutu… franchement, Tommy, t'aurais pu faire semblant de ne rien voir… je suis obligé d'en parler maintenant… bravo Tommy, je te remercie… ». Le labrador, comme tous les chiens du monde, comprit que son maître n'était pas forcément heureux de cette découverte, et lui offrit alors un regard penaud, celui qu'il adoptait lorsqu'il sentait son maître contrarié. Pourtant, s'il avait pu parler, Tommy lui aurait certainement dit « *moi, j'ai une truffe, elle marche en permanence, chacun son truc…* ».

2) « Hola… pas si vite… »

Vers dix heures trente du matin, ce même Melvin de Root se présenta au commissariat de Saint-Germain afin de rendre compte de sa (probable) funeste découverte. Il tomba sur le préposé aux premiers enregistrements, un homme assez corpulent et d'une grande placidité.

« Oui, monsieur, de quoi s'agit-il ? »

De Root narra alors son histoire macabre, son jogging matinal et habituel, son chien se mettant à l'arrêt, la découverte d'un squelette de main, l'interruption immédiate de ses propres recherches….

Le préposé, l'air dubitatif : *« C'était quand vous dites ? »*

De Root, agacé : *« Ce matin même, je viens de vous le dire… »*

Le préposé, ne relevant pas et toujours circonspect : *« Et vous n'avez vu finalement qu'une seule main ? »*

De Root, soufflant : *« Je vous avoue que je n'ai pas cherché plus loin. Peut-être qu'il n'y a qu'une seule main, mais peut-être aussi qu'il y a tout le reste en dessous… »*

Le préposé, l'air toujours un peu dubitatif : *« Bien… écoutez, remplissez déjà ce formulaire concernant votre identité et la nature de votre témoignage. Ce matin, ici, il n'y a que l'inspecteur Ferruci qui est disponible. Je vais quand même lui rendre compte de votre visite. Restez sur place, il va certainement venir dans quelques instants »*.

De fait, quelques secondes plus tard entrait dans la pièce un homme plutôt jeune, râblé, l'œil noir se présentant rapidement.

« *Bonjour, monsieur, je suis l'inspecteur Ferruci. On me dit que vous venez de faire une découverte peut être macabre dans la forêt de Saint-Germain, ce matin même, en faisant votre jogging, c'est bien cela ?* »

De Root : « *Oui, c'est cela…. plus exactement, c'est mon labrador qui m'accompagne dans mes footings matinaux et qui a attiré mon attention sur un enfouissement suspect…* »

Ferruci : « *Ah, le flair de ces sacrées bêtes … bien… bien… on va aller voir ça ensemble… on va prendre directement ma voiture… ce n'est pas trop loin ? car moi le jogging, je vous avoue que ce n'est pas trop mon truc… je vous ramènerai au commissariat ensuite…* »

De Root, quand même un peu soulagé qu'on le prenne enfin au sérieux : « *À partir de l'entrée de la forêt, et en marchant bien, on y sera dans un petit quart d'heure…* »

3) L'identification

Etant donné les investigations faites et les premiers résultats obtenus dans les jours qui suivirent cette déclaration, ce fut le commissaire de Saint-Germain lui-même qui prit les choses en main. Agé d'une cinquantaine d'années, Pierre Serviano était un homme de petite taille, à la coiffure déjà grisonnante sur un crâne assez largement dégarni. Il travaillait de façon plutôt méticuleuse, l'expérience professionnelle lui ayant notamment appris la patience. Il était entouré et aidé sur place de deux inspecteurs. Un adjoint déjà chevronné – Alexandre Langlois - dit « Alex » dans la maison, âgé de trente-huit ans.

Un professionnel aguerri, plutôt froid, ne lâchant jamais rien. Il était même un peu la vedette du commissariat, car il avait de fortes capacités de déduction. Serviano l'utilisait fréquemment. Et un second cadre, solide lui aussi, mais plus classique – Dominique Ferruci – dit « Domi » - très brun de peau pouvant difficilement cacher ses origines corses. Celui-là même qui s'était rendu sur place le jour ou le « jogger » avait fait sa déclaration. Celui-là également qui devant l'évidence qu'un macchabée entier était bien enterré dans la zone indiquée par de Root avait demandé l'aide des services médicaux légaux de la région pour rapatrier le squelette mis à jour.

Etant donné à la fois de la mort probablement récente de l'inconnu de Saint-Germain, des sérieux et constants progrès techniques de l'anthropologie médico-légale, couplés aux capacités actuelles de l'imagerie post mortem, on avait mis finalement assez peu de temps pour identifier le squelette trouvé fortuitement début janvier 2020. Comme celui-ci émargeait naturellement au célèbre « fichier des personnes recherchées » la question de son identité fut élucidée en quelques semaines. Fin février 2020, la police apprit ainsi qu'il s'agissait d'une personne de sexe masculin, s'appelant Michel Delcourt. Un homme habitant, jusqu'à sa disparition déclarée courant août 2019, un petit appartement au 5 impasse des Mouettes à Meudon, en région ouest de la banlieue parisienne. Un homme vivant seul, semble-t-il, ce qui n'arrangeait naturellement pas la police.

4) Le relais

Même s'ils en avaient déjà parlé préalablement entre eux, le commissaire Serviano mit ses deux inspecteurs sur cette affaire qui sortait, il est vrai, un peu de la routine habituelle. Ce fut la raison pour laquelle, début mars 2020, il tint à propos de ce dossier atypique une première réunion interne dans laquelle il précisa sa pensée.

Serviano : « *Allons les gars, dans cette affaire, il va falloir serrer les coudes. Etant donné que le mort émarge à notre zone de recherche, Granger[1] m'a confirmé ce matin, que nous sommes moteurs dans cette enquête. En conséquence, Meudon doit nous communiquer tout ce qu'il a déjà recueilli après la disparition de ce Delcourt* ».

Langlois : « *On y va à deux, patron ?* »

Serviano : « *Mouais… deux avis valent mieux qu'un… et puis je sens, je ne sais pas trop pourquoi, que ça va être laborieux…* »

De fait, une réunion « entre flics » se tint le mardi 10 mars 2020, dans les locaux du commissariat de Meudon. En regard du laconisme des réponses de leurs collègues, on ne pouvait pas dire effectivement que tout ceci sentait la franche camaraderie. Malgré tout, l'essentiel avait été consigné et communiqué aux inspecteurs de Saint-Germain. En résumé, Delcourt vivait effectivement seul Impasse des Mouettes à Meudon. Sa disparition n'était devenue inquiétante que le lundi 12 aout 2019 lorsque sa sœur cadette - Sandrine Boyon née Delcourt - s'était rendue une première fois au commissariat de Meudon en matinée.

---

[1] Albin Granger, le juge d'instruction en charge pénale de l'affaire

Pourquoi s'était-elle résolue à faire une déclaration de disparition ? Parce que cela faisait pratiquement deux semaines que son frère ne répondait plus ni au téléphone, ni à sa messagerie interne, ni aux mails de relance…

Quelles actions avait alors mené le commissariat de Meudon ? Le moins que l'on puisse dire, c'est qu'il ne s'était pas trop inquiété de cette soudaine disparition. « *Vous comprenez, des fugues vieilles d'une semaine, pour nous ce n'est pas vraiment inquiétant, tout au plus une volonté de mise au vert… une nouvelle respiration… le désir de mettre de la distance avec un train-train souvent tristoune ou encore des créanciers…* ». Mais sans surprise, la semaine suivante, le lundi 19 août précisément, la sœur était revenue, accompagnée cette fois-ci de son époux Jérôme Boyon. Tous les deux maintinrent la déposition de la semaine précédente en laissant entendre cette fois-ci qu'il fallait que la police s'intéresse vraiment à cette disparition malgré tout surprenante étant donné la personnalité de l'homme en question. Les inspecteurs de Saint-Germain lirent par la suite le compte-rendu de l'époque des époux Boyon :

La police de Meudon : « *Pourquoi dites-vous que sa disparition est surprenante ?* »

Sandrine Boyon : « *Parce que mon frère est parfois volubile, la ramène souvent, passe d'un projet à l'autre, mais est toujours en train de bâtir des plans sur la comète…* »

La police meudonnaise : « *Un mytho ?* »

Jérôme Boyon, en souriant légèrement : « *oui, on peut aller jusque-là…* »

Sandrine Boyon : « *Je t'en prie, Jérôme, n'en rajoute pas s'il te plait…* »

En regard de cette seconde déclaration, le commissaire de Meudon avait donc dépêché l'un de ses inspecteurs pour aller fureter impasse des Mouettes, le lendemain 20 août 2019. Sandrine Boyon ne possédant pas de double des clés de l'appartement, l'inspecteur était venu en compagnie d'un serrurier. Sur place cependant, et à leur relative surprise, la porte de l'appartement s'ouvrit toute seule. L'inspecteur avait alors demandé à l'artisan d'installer dès que possible une nouvelle serrure, ce qui fut fait le soir même de cette première perquisition.

Qu'avait alors trouvé sur place l'inspecteur de Meudon ? du classique et du plus inquiétant. Le classique ? L'appartement n'était ni en désordre ni très bien rangé. Il restait des victuailles avariées dans le réfrigérateur et une odeur de vieux flottait en permanence dans l'air ambiant. Le plus inquiétant ? Le PC de Delcourt avait disparu et son bureau (où ce qui en faisait fonction) était vide de tous documents et photos. En dehors de quelques meubles, tout était rendu net et vide. L'immeuble ou vivait Delcourt était de taille modeste. Son appartement, dont il était propriétaire, était situé au rez-de-chaussée, sans aucun vis-à-vis. Le reste était composé d'un 1er étage ou habitaient deux familles et d'un second étage ou logeaient normalement deux autres familles. Pourquoi normalement ? Parce que l'une d'entre elles avait mis en vente depuis six mois son appartement et qu'il était à l'heure actuelle quasiment vide.

Entre le 20 et le 21 août 2019, l'inspecteur de Meudon avait naturellement interrogé les autres habitants de l'immeuble. Au commissariat de Meudon, les comptes-rendus détaillés de ces interrogatoires furent alors scrupuleusement transmis aux deux inspecteurs de Saint-Germain. Mais force fut de constater que ces relevés étaient particulièrement décevants. « *Monsieur Delcourt ? On ne le connaissait pas très bien… il était souvent absent de son domicile…. on ne savait d'ailleurs pas grand-chose de sa vie ni de son travail… il nous disait à peine bonjour quand on le croisait… un gars seul et vraiment taciturne… l'air sournois parfois…* ».

L'inspecteur de Meudon avait insisté. « *Faisait-il venir parfois des gens chez lui ?* ». La réponse des autres habitants de l'immeuble fut à peu près du même genre « *Peut-être bien… mais nous, nous n'avons jamais croisé quelqu'un qui se serait rendu chez lui… que ce soit un homme, une femme, des parents ou même un ami… c'était un solitaire et comme nous-mêmes aimons bien notre tranquillité…. comme on dit hein ! chacun chez soi et les moutons seront bien gardés…* ». L'inspecteur local avait pourtant fait le métier : « *On estime que sa disparition remonte à fin juillet, début août. N'avez vous rien remarqué d'anormal durant cette période ? par exemple des gens que vous n'aviez jamais vus auparavant ou un ou plusieurs véhicules nouveaux dans le coin ?* ». Une fois de plus, les réponses des habitants furent négatives. Un homme d'une cinquantaine d'années finissant quand même par lâcher du bout des lèvres qu'il avait noté à l'époque, c'était en matinée, la présence d'une petite camionnette blanche qu'il n'avait jamais vue auparavant. « *Vous souvenez-vous quand c'était précisément ?* » avait rajouté l'inspecteur de Meudon « *Non, honnêtement, non… fin juillet ou début août… je ne m'en souviens vraiment plus du tout, d'autant que je n'ai jamais revu ce véhicule »* avait rajouté ce voisin malgré tout un peu plus observateur que les autres.

Qu'avait donc fait le commissariat de Meudon pour aller un peu plus loin que ces premières déclarations pour le moins décevantes. L'inspecteur chargé d'élucider cette disparition était parti dans deux directions. La première fut d'aller à la rencontre du voisinage immédiat de Delcourt. La seconde fut d'interroger la sœur et le beau-frère du disparu. Le compte-rendu de l'interrogation des personnes vivant à proximité de l'immeuble de Delcourt ne donna strictement rien. Son immeuble se situant au fond d'une petite impasse sans le moindre charme, loin des commerces et du centre-ville de Meudon, il fut même très difficile au policier en charge de l'enquête de trouver quelqu'un qui connaissait tout simplement l'existence de Delcourt.

« Comment vous dites ? …. Michel Delcourt ?... non, ce nom ne me dit rien…. il habite dans le coin vous dites ?... c'est possible mais je ne vois même pas qui c'est… » Voilà la synthèse générale de ce que recueillit la police à propos de ce « fantôme » de Delcourt. Dans le commissariat de Meudon, on en venait même à en rire. *« Alors, Jean, tu as des nouvelles de ton spectre ?… »*.

Quant à l'interrogatoire du couple Boyon, celui-ci ne fit pas réellement avancer les choses. Qui était Michel Delcourt ? Que faisait-il dans la vie ? Avait-il des amis ? des ennemis déclarés ? des hobbies ? quelque chose enfin qui pourrait mettre la police sur un semblant de piste. Là encore, le compte-rendu de l'interrogatoire du couple Boyon, qui eut lieu au commissariat de Meudon fin août 2019, fut assez peu engageant.

Delcourt travaillait dans une toute petite maison d'édition à Paris. Il relisait les textes qui étaient proposés à l'éditeur sans juger de leurs qualités intrinsèques. Des amis ? Difficile à dire. Au plan familial, Sandrine Boyon était, selon elle, sa seule parente et donc la seule à prendre de ses nouvelles. Lui, en tous les cas, ne prenait jamais l'initiative de lui téléphoner. Une sœur qui habitait en outre assez loin de son frère, dans l'est parisien, à Montreuil précisément.

Pour résumer, ce premier interrogatoire avait surtout montré que seule la sœur du disparu s'inquiétait vraiment du sort de son probable « raté » de frère. Dès lors, la police de Meudon s'était encore donnée la peine d'interroger l'entourage professionnel de Delcourt qui fut cependant de la même veine. Son patron – monsieur Henri Bontemps - ayant même avoué que sa disparition soudaine lui avait permis de voir combien son absence n'était pas vraiment préjudiciable à la société. *« Quand il n'est plus venu, je lui ai téléphoné une fois et je lui ai laissé un message. Il ne m'a pas répondu…. à partir de là, son sort était réglé… voyez-vous même* (sortant une feuille à en-tête de son tiroir) *voici la lettre de licenciement que je lui aurais transmise s'il s'était représenté à moi. A l'époque, on en était à un simple abandon de poste. Mais de vous à moi, je l'avais prévenu début juillet 2019 que j'allais être bientôt obligé de me passer de ses services, ce qui d'ailleurs ne l'avait guère ému… En ne se présentant pas fin juillet, il a juste devancé l'appel en quelque sorte… ».*

5) Filière familiale

Le principal avantage de l'identification de l'inconnu de Saint-Germain fut que, dans cette curieuse affaire, la police allait pouvoir enfin travailler d'une façon plus classique. Un inconnu avait été tué fin juillet ou début août 2019 et son autopsie complète avait permis d'être certain qu'il n'était pas mort d'un coup de feu. De quoi d'ailleurs était-il mort ? Selon les professionnels qui avaient travaillé le sujet, on s'orientait plutôt vers un étouffement prolongé de la victime identifiée comme s'appelant Michel Delcourt, faisant suite à un puissant coup préalable. On pouvait même en déduire deux choses. Un : ce n'était pas une femme qui l'avait tué. Deux : Celui (ou ceux ?) qui avai(en)t fait cela n'étai(en)t pas des demi-portions. Dès lors, la première étape de cette enquête fut donc de savoir à qui on avait vraiment à faire !

Il n'y avait pas trente-six solutions. Deux seulement semblaient évidentes : Revenir sur le premier témoignage de la sœur et du beau-frère. Et retourner voir son milieu professionnel dans un interrogatoire plus poussé que ce qu'avait initialement lâché son employeur à la police de Meudon. Comme il semblait préférable que le couple Boyon soit interrogé à domicile au cas où des pièces majeures se trouveraient à disposition sur place, un rendez-vous lui fut fixé le samedi 21 mars 2020. Ce jour-là, en début d'après-midi, les inspecteurs Langlois et Ferruci se présentèrent au domicile des Boyon. Après les amabilités de présentations mutuelles assorties des condoléances classiques de circonstance, les échanges de fond purent commencer, non sans que l'inspecteur Langlois ait demandé à monsieur Boyon, de ne pas intervenir, dans un premier temps, suite aux réponses initiales que pourrait faire son épouse.

Langlois : « *Madame Boyon, visiblement, vous semblez être l'une des rares personnes qui parlait, de son vivant, à monsieur Delcourt. Justement de quoi parliez-vous en général ?... selon quelle(s) modalité(s) et quelle fréquence naturellement ?* »

Mme Boyon : « *Pour les modalités, c'est assez simple. Je lui téléphonais une fois par semaine, le jeudi soir, en général vers vingt-deux heures* »

Langlois : « *Il vous prenait systématiquement ?* »

Mme Boyon : « *On va dire oui. Et quand je ne le touchais pas directement, je lui envoyais un texto. Il me répondait alors par sms lui aussi, d'une façon lapidaire naturellement.* »

Langlois : « *De quoi parliez-vous ?* »

Mme Boyon : « *Je m'inquiétais de sa santé, s'il allait bien, s'il n'avait besoin de rien... de choses banales en fait...* »

Langlois : « *Vous semblait-il inquiet les dernières fois que vous l'avez eu au téléphone ?* »

Mme Boyon : « *Inquiet ?... je ne dirais pas cela... nerveux plutôt... mais je n'y prêtais pas trop attention... c'était un homme à la fois simple et complexe* »

Langlois : « *C'est-à-dire ?* »

Mme Boyon : « *J'ai toujours eu beaucoup de mal à le cerner vraiment. Dans la même minute, il pouvait être à la fois gai et triste. Egalement, il ne finissait pas toujours ses phrases... il pouvait ainsi* s'emballer une semaine pour un sujet et ne plus jamais m'en reparler par la suite... »

Langlois : « *En dehors de son milieu professionnel, connaissiez-vous ses fréquentations ?* »

Mme Boyon : « *Hé bien non justement ! Il me parlait de son boulot qu'il voulait toujours quitter, de l'actualité politique qui l'agaçait profondément pour ne pas dire plus, de ses projets qui n'aboutissaient jamais... ça n'allait pas plus loin...* »

Langlois : « *A quel type de projet faisait-il allusion ?* »

Mme Boyon (en prenant sa respiration et après un léger temps d'arrêt) : « *Un jour, il devait devenir pigiste dans un grand hebdomadaire, un autre, monter une « start-up » dans l'édition de sujets politico-sensibles, un autre encore s'associer avec des commanditaires soi-disant connus pour créer un hebdo de sciences-fiction à connotation politique, toujours des trucs un peu vaseux qui naturellement ne voyaient jamais le jour...* »

Langlois, un soupçon impatient : « *D'accord madame on a bien compris que ses projets étaient foisonnants et vagues... mais et c'est un point majeur, citait-il des noms, parlait-il d'un groupe déterminé, d'une société bien précise ?...* »

Mme Boyon : « *Hélas, non... comme je vous l'ai déjà dit, soit il restait mutique, soit il devenait volubile sans qu'il en reste quelque chose à la fin. D'ailleurs, de vous à moi, avec le temps, je ne l'écoutais plus finalement que d'une oreille distraite tant je savais que tout ceci ne reposait pas sur grand-chose ...* ».

A ce stade du témoignage, l'inspecteur Langlois, en regardant furtivement son collègue Ferruci, hocha la tête, se passa la main gauche sous le menton et tourna son regard vers monsieur Boyon.

Langlois : « *Et vous, monsieur Boyon, pouvez-vous nous en dire un peu plus sur votre beau-frère ? Avez-vous une information minimale qui nous permettrait enfin d'y voir un peu plus clair dans cette histoire ?* »

M Boyon (en souriant très légèrement) : « *oui, monsieur l'inspecteur…* ». Après un léger blanc « *Mon beau-frère était bi !* »

Langlois : « *Ah, enfin, une info qui pourrait nous intéresser. Sa sexualité n'était donc pas commune ?* »

Se tournant alors vers madame Boyon : « *Quel âge avait-il déjà votre frère en août 2019 ?* »

Mme Boyon, d'un ton sec car légèrement agacée de l'annonce de son époux : « *47 ans !* »

Langlois, s'adressant de nouveau à monsieur Boyon : « *Donc, monsieur Delcourt pouvait fréquenter des hommes ou des femmes selon le moment ou ses envies ?* »

Mme Boyon, reprenant d'office la parole : « *bi…bi… c'est aller un peu vite en besogne… certes, nous ne savions pas trop ce qu'il faisait de ses soirées ou de ses week-ends, mais je puis vous assurer que le sexe n'était pas sa raison de vivre. Je suis persuadée qu'au cours de ces dix dernières années, ses aventures sentimentales ont dû être très limitées… une femme et au surplus sa sœur sent cela…* »

Langlois, se retournant de nouveau vers le beau-frère : « *Et vous, monsieur Boyon, qu'avez-vous à rajouter sur ce sujet ?* »

M Boyon, relevant un peu le torse, d'une voix claire et un peu sentencieuse : « *Hé bien moi, j'ai des choses précises à vous communiquer. Je suis d'accord avec mon épouse sur deux points. Il aimait bien davantage l'argent que les petites amies et c'était un frimeur qui adorait baratiner son entourage. Mais il nous a indiqué lors d'un récent anniversaire familial qu'il aimait fréquenter de temps à autre un club privé à Meudon - Le Rouge et le Noir – un club plus ou moins homo, je l'ai vérifié depuis. Et si mes souvenirs sont exacts, il nous a parlé - cela remonte à environ deux ans - d'un copain à lui qu'il aimait bien, pour ne pas dire plus, à cette époque* »

Mme Boyon, agacée : « *Arrête Jérôme, tu affabules...* »

Langlois, se tournant de nouveau vers monsieur Boyon : « *Il ne vous aurait pas donné son nom par hasard ?* »

Mme Boyon, reprenant la parole : « *Moi, en tout cas, ça ne me dit rien...* » (se tournant vers son mari) « *tu essaies de te faire mousser... en fait tu n'en sais rien...* »

M Boyon, devant l'air interrogateur des deux inspecteurs : « *Attendez, attendez, ça va me revenir... le nom, il ne l'a pas donné, ça c'est vrai... mais le prénom... le prénom... voyons, voyons, je crois bien que c'était Alain.... c'est ça... Alain, ça me revient maintenant... oui, c'est ça, c'est Alain, j'en suis sûr maintenant...* »

Langlois : « *Bien, c'est déjà quelque chose... hé bien il ne nous reste plus qu'à prendre congé. Madame, Monsieur, merci de vos témoignages respectifs et excusez nous encore madame d'avoir insisté aussi longuement. Deux mots cependant encore avant de partir. Nous avons constaté qu'aujourd'hui son appartement était mis en vente. Je suppose que vous avez informé la Poste que votre frère avait disparu de son domicile depuis début août 2019 et que son reliquat de courrier était désormais acheminé chez vous ? »*

Mme Boyon « *oui, c'est bien cela, depuis que l'on nous a informé du décès officiel de mon frère, et en tant qu'héritière, j'ai fait mettre l'appartement en vente. J'avais demandé à la Poste fin août de l'année dernière que son reliquat de courrier soit désormais acheminé chez nous. Et je réponds par avance à ce que vous pensez. Il n'a reçu depuis que des lettres liées à des abonnements divers ou publicitaires. Aucun courrier personnel ne nous a été transmis. Mon frère, et c'est bien triste à dire, n'existait déjà pas beaucoup. Désormais, il n'existe plus du tout… »*

Langlois : « *N'exagérons pas madame, une partie de sa vie vous était manifestement inconnue… de notre côté, nous allons tout mettre en œuvre pour retrouver son meurtrier et surtout essayer de comprendre pourquoi on l'a assassiné. Êtes-vous, par ailleurs, en possession d'une photo de votre frère ? Sur place, tous ses papiers personnels avaient disparu ainsi que son portable naturellement… »*

Mme Boyon : « *Hélas, je n'ai pas grand-chose à vous donner. Dans le salon, j'ai une photo de lui et de moi qui date de 1995. Il avait 22 ans et moi 19. Je peux bien sûr vous la prêter, mais franchement, ça ne va pas vous aider beaucoup. En vrai, il ne ressemblait plus du tout à la photo en question… »*

Langlois : « *Ok, on laisse tomber, le service de l'identité nous en dira forcément plus… au revoir messieurs-dames… ».*

6) Le fantôme de la rue Hardouin

Puisque désormais, la police savait que Michel Delcourt était décédé des suites d'un homicide, il y avait lieu d'enquêter dans son milieu professionnel et cette fois-ci de ne pas se contenter de l'ironie condescendante de son patron. La petite maison d'édition parisienne qui l'avait employé comme correcteur s'appelait « La société des Editions Modernes », en complet décalage d'ailleurs avec la vétusté des locaux dans lesquels s'affairaient en tout et pour tout quatre personnes. Dans le détail, il y avait le patron, monsieur Henri Bontemps, l'associé-gérant toujours affairé de cette entité littéraire, sa secrétaire mademoiselle Hélène Gilois, vieille fille et fière de l'être, le bras droit du patron, un certain Pierre Noyer, au visage anguleux et peu amène et un quatrième personnage plus jovial, monsieur Sylvain Mériaud, à plein temps sur tout ce que ne faisaient pas les trois autres. Comme chez les Boyon, les deux inspecteurs de Saint-Germain se présentèrent de concert, fin mars 2020, dans les locaux de la petite maison d'édition. L'endroit, situé au rez-de-chaussée d'un immeuble grisâtre et sans charme, rue Hardouin, dans le 14ème arrondissement de Paris, dégageait une odeur un peu fétide de vieux livres, de manuscrits divers, de cartons entreposés, de poussières accumulées. Langlois interrogea le patron et sa secrétaire tandis que Ferruci prit en charge l'adjoint et le « multi tâches » de la maison. En définitive, après avoir questionné ces quatre personnes, que restait-il de leurs témoignages ? Pas grand-chose à vrai dire. Le patron, Henri Bontemps, avait engagé Delcourt il y a presque cinq ans à l'été 2015 précisément.

Il l'avait pris parce que ce dernier possédait une licence de Lettres classiques et qu'il lui avait démontré sur place deux qualités bien précises, utiles au métier : une capacité à lire rapidement n'importe quel type de texte et une connaissance indubitable des règles de grammaire française y compris les plus subtiles. Lui connaissait-il des amis ? La réponse fut une fois de plus décevante : « *Delcourt ? Vous rigolez, monsieur l'inspecteur, c'était un ours qui parfois ne décrochait pas un seul mot de toute la journée… interrogez les autres mais à mon avis, ils vous diront la même chose…*»

De fait, les trois personnes restantes qui travaillaient dans cette petite société tirant le diable par la queue décrivirent tous finalement Delcourt de la même façon. C'était un associable, mutique la plupart du temps, l'œil mauvais parfois, qui ne s'intéressait vraiment pas à la vie des autres.

Langlois : « *Avait-il des amis ou de la famille en dehors de son travail ?* » Réponse générale : « *Il n'en parlait jamais…* »

Langlois : « *A-t-il évoqué un jour un certain Alain ?* » Réponse collective : « *Non, pas particulièrement…* ».

Langlois : « *Dans quel état psychologique était-il la veille de sa disparition ?* »

Réponse une nouvelle fois unanime : « *Encore plus ours que d'habitude mais cependant un peu excité, nerveux…* ».

Le seul qui apporta finalement un petit surplus d'information fut Sylvain Mériaud, le touche à touche de la maison, qui avait rajouté : « *C'était un bon calligraphe et il savait imiter les écritures de tout le monde. Parfois, quand il était de bonne humeur, on en rigolait… ».* L'inspecteur Langlois fut le premier à arrêter ce jeu de massacre. « *Domi, on arrête tout, on perd notre temps ici… ils ne savent rien… Delcourt avait construit un mur entre lui et ses collègues. On court derrière un fantôme… ».*

7) La dernière piste

De l'ensemble des témoignages recueillis, force fut donc de constater pour la police de Saint-Germain qu'il ne restait plus qu'une seule piste à explorer, celle de la boîte de nuit « qu'aurait » fréquentée Delcourt. Un travail s'annonçant d'autant plus difficile qu'il n'y allait plus – et pour cause – depuis au moins huit mois si ce n'est plus. Malgré tout, l'exercice s'annonçait utile puisque les informations obtenues jusqu'ici apportaient la preuve que sa vie « en plein jour » semblait dénuée d'intérêt. Si cet homme s'était créé quelques ennemis, c'était forcément quelque part ailleurs que dans son arrière-boutique professionnelle poussiéreuse et morne où de son impasse personnelle qui portait bien son nom.

Après avoir pris rendez-vous avec le responsable de la boîte de nuit « Le Rouge et le Noir », seul l'inspecteur Langlois s'était rendu sur place, le vendredi 3 avril 2020, Ferruci étant mobilisé alors sur un autre dossier sensible du commissariat. Ce jour-là Langlois était plutôt de bonne humeur. Non seulement le service ad hoc lui avait transmis le double de la photo de la carte d'identité de Delcourt mais il venait d'en apprendre une belle !

Ce dernier avait actualisé son passeport juste quelques semaines avant son décès ! l'ancien étant périmé depuis fort longtemps. Visiblement, Delcourt avait décidé de changer d'air ou de mettre de la distance entre sa vie présente et celle future à venir. Cette seule petite information avait redonné du courage à l'inspecteur Langlois qui pensait alors en se rendant à son rendez-vous « *Il voulait quitter la France notre petit fantôme !… il se sentait peut-être aux abois…* ».

Quand Langlois entra dans la zone d'accueil colorée du gérant de la boîte de nuit se faisant appeler « Loulou » il sourit intérieurement et pensa « *J'imagine qu'ici aussi, ça va être laborieux…* ». Malgré tout, il fallait bien faire le travail. Après les présentations d'usage, Langlois montra la photo d'identité de Delcourt et posa directement la question à son interlocuteur « *Connaissez-vous cet homme qui a fréquenté votre établissement il y a quelques mois ?* ». Ce à quoi le dénommé Loulou répondit d'une voix de fausset : « *Oh, mon pauvre ami, je vois défiler annuellement des centaines de personnes dans mon établissement, ça rentre, ça sort, si vous voyez ce que je veux dire… faites voir celui-là ?... franchement, sa tête ne me revient pas… vous êtes sûr qu'il est venu chez moi ?* ».

L'inspecteur opina du chef. « Loulou » saisit la photo, dévisagea plus sérieusement l'homme qui y figurait et reprit « *Qu'a-t-il fait votre bonhomme ?* ». L'inspecteur ne répondit pas directement à la question et se contenta de préciser « *On le cherche tout simplement… il a disparu depuis quelque temps…* ». « Loulou » alors enchaîna : « *Écoutez, très honnêtement, je ne vois pas qui c'est mais vous savez quand elles entrent chez moi beaucoup de personnes -*

hommes ou femmes – viennent maquillées. Elles ne veulent surtout pas ressembler à ce qu'elles sont le reste de la journée… ».

Devant la mine déconfite de l'inspecteur, « Loulou » rajouta, « *Ne vous désolez pas mon grand, s'il y a quelqu'un ici qui peut quand même vous aider c'est « Henri », celui qui filtre les entrées du club et qui vérifie les cartes de nos membres. Si vous voulez bien l'attendre, il devrait arriver dans une petite demi-heure… ».*

Une proposition que ne rejeta certainement pas Langlois. Avait-il réellement le choix ! De fait « Henri » se présenta à lui quelques minutes plus tard et parla d'une voix rauque, sans aménité particulière. « *Bonjour, vous êtes de la police… on m'a dit que vous cherchez quelqu'un qui vient à ce club ? Faites-voir sa tronche… ».* Langlois présenta la photo de Delcourt et attendit d'autant plus stressé le verdict qu'Henri ne répondit pas tout de suite. Au bout de quelques secondes qui parurent interminables à l'inspecteur, Henri reprit la parole : « *oui… c'est un gars qui est venu assez régulièrement chez nous il y a quelques mois…. mais qui ne vient plus du tout depuis… donc à partir de là… ».*

Langlois enchaîna « *Sous quel nom venait-il chez vous ? »*

« Henri » sans émoi particulier « *Delcourt… Michel Delcourt… »* Langlois poussa intérieurement un ouf de soulagement et pensa « super »… *il n'a pas pris un nom d'emprunt… »*

L'inspecteur enchaîna : « *Monsieur Henri et c'est un point capital, cette fois-ci je vous demande vraiment votre aide. Cet homme venait-il accompagné et si oui connaissez-vous l'identité de la ou des personnes qui pouvaient le fréquenter ? »*

Henri leva les yeux au ciel en soufflant « *il passe tellement de monde dans cette boîte… de mémoire, je dirais deux personnes : un homme et une femme…* »

Excité, Langlois enchaîna très vite : « *Leurs noms ? vous vous souvenez de leurs noms ?…* »

Henri : « *La femme, c'est facile, elle vient encore chez nous parfois, elle s'appelle Aline Gervois. Quant à l'homme, c'est plus compliqué car lui, ça fait vraiment un bon bout de temps qu'on ne le voit plus. Pour vous dire, il avait disparu depuis déjà pas mal de temps quand Delcourt venait encore ici…* ».

Langlois, pourtant de nature plutôt froide, était alors tellement excité intérieurement qu'il poussa son avantage. « *L'homme qu'avait fréquenté Delcourt, est-ce que vous vous souvenez de son nom ? c'est un point également très important…* »

Le vigile leva les yeux au ciel et répondit cette fois-ci rapidement :« *Non… alors, là franchement, je ne me souviens plus… montrez-moi une photo et peut-être que ça me reviendra* »

Langlois enchaina très vite : « *J'en ai pas mais si je vous donne son prénom… il s'appelait Alain…. ça vous aide ?* »

Henri (après un bon moment de réflexion) : « *Alain, Alain…. oui…oui… ça me revient maintenant… ah, ça y est je le revois désormais…. un brave type d'ailleurs, l'air toujours un peu tristounet… il a été le petit ami de Delcourt, je crois…* » »

Langlois : « *son nom, vous l'avez ?* »

Henri : « *Alors là, non… il faudra que vous demandiez à la nénette qui l'accompagnait… moi c'est parti… désolé…* »

Langlois : « *Une dernière question monsieur Henri et je ne vous embête plus... en dehors de ces deux clients : Alain X et Aline Gervois, monsieur Delcourt fréquentait-il d'autres personnes dans ce club ?* »

Henri : « *Je ne crois pas, ou alors épisodiquement, mais c'est une question difficile pour moi. Mon job c'est de filtrer les entrées et d'éviter les incidents dans les salles de rencontre et les bars... Si j'ai pu me souvenir de Delcourt, de Gervois et donc de cet Alain c'est qu'ils arrivaient parfois ensemble dans le club... par contre, une fois entrés, je ne les surveillais plus et comme ils ne faisaient pas d'histoires...* »

L'inspecteur Langlois secoua la tête de droite à gauche, en poussant ses deux paumes de main vers le bas en rajoutant pour en finir : « *Pas de soucis, monsieur Henri, pas de soucis... je vous remercie vraiment sincèrement de votre coopération... vous avez relancé mon enquête et très honnêtement, pour l'instant, ça me suffit largement...bonne fin de soirée...* ».

8) Auxiliaire de justice ?

Dans l'annuaire, entre les départements du 92 et du 75, il n'existait que trois A. Gervois. On commença logiquement par celle habitant dans le 92… à Meudon justement ! Mais pour éviter tout risque de disparition soudaine, l'inspecteur Langlois se présenta en personne dans la matinée du samedi 4 avril 2020, au 35 rue du Temple, soit le lendemain même de sa visite au club privé de la ville. L'immeuble dans lequel habitait cette personne était correctement entretenu et ne présentait rien extérieurement qui pouvait attirer l'attention. Langlois, après avoir brièvement sonné attendit qu'on lui ouvre. Après avoir regardé furtivement le judas intérieur de sa porte d'entrée, la propriétaire demanda à travers la porte d'entrée à qui elle avait à faire ? L'inspecteur Langlois colla sa carte professionnelle devant l'œilleton en rajoutant « *Police de Saint-Germain* ». Après avoir entrouvert sa porte, la dame qui se présenta devant lui était d'assez petite taille, plutôt mignonne, le teint rose et semblait avoir une quarantaine d'années.

« *Madame Gervois ?* » indiqua l'inspecteur Langlois « *Oui, c'est bien moi… que voulez-vous, monsieur ?* » Langlois enchaîna d'un ton se voulant très rassurant « *Je suis inspecteur de Police à Saint-Germain dans les Yvelines mais rassurez-vous, vous n'avez commis personnellement aucun délit. La police a juste besoin de connaître un nom que vous êtes peut-être la seule à pouvoir nous donner…* ». La femme fronça les sourcils et fit une moue dubitative. Elle enchaîna « *Entrez, monsieur, je suis assez surprise de cette demande mais puisque vous êtes là, entrez, il ne fait pas si chaud sur le palier…* ».

En quelques mots, l'inspecteur Langlois raconta à madame Gervois les raisons qui avaient poussé la police à s'intéresser à certains membres du club privé de la ville, en ne mentionnant toutefois que la seule disparition de Delcourt et non son meurtre. Puis il en vint tout naturellement à lui poser la question qui le taraudait depuis quelques jours : « *Madame Gervois, à une certaine époque, vous vous rendiez régulièrement au club de Meudon en compagnie à la fois de monsieur Michel Delcourt et d'un autre monsieur se prénommant « Alain ». C'est le nom de ce monsieur qui intéresse aujourd'hui la police. Pouvez-vous me dire comment s'appelle précisément cet homme ?* »

Aline Gervois sourit tristement en enchaînant : «*Ça... pour pouvoir vous le dire, ça ne sera pas très difficile... mais si vous voulez l'interroger à l'avenir, ce sera plus compliqué !* »

Langlois : « *Pourquoi donc ?* »

Mme Gervois « *Parce qu'il est mort, monsieur l'inspecteur, parce qu'il n'est plus de ce monde depuis début mars 2019, cela fait plus d'un an maintenant...* ».

Langlois : « *C'est en effet inattendu mais je commence à m'habituer dans cette affaire... alors son nom ?* »

Mme Gervois : « *Héras... Alain Héras...* ».

Langlois « *Et il est mort de quoi ce monsieur Héras ?* »

Mme Gervois : « *Il s'est suicidé le dimanche 3 mars 2019 précisément... on l'a retrouvé chez lui trois jours après son décès.... une voisine - madame Lambert - qui lui faisait parfois ses courses a alerté la police car il ne répondait plus sur son portable et la porte de son domicile était fermé à clé… il aurait laissé une lettre expliquant son geste mais personnellement je ne l'ai jamais vue…* »

Langlois : « *Pouvez-vous me confirmer l'adresse de son domicile à l'époque ?* »

Mme Gervois : « *Bien sûr, il habitait alors 8 rue des Perdrix, appartement 6, à Meudon…* »

Langlois : « *Savez-vous s'il y a eu une enquête de police ?* »

Mme Gervois : « *C'est plutôt amusant que ce soit vous qui me demandiez ça… oui, il y aurait eu une enquête et comme il habitait Meudon, je crois bien que c'est la police locale qui a cherché à savoir, à l'époque, si c'était un suicide ou bien autre chose, mais je n'en ai plus entendu parler par la suite… il faudra que vous demandiez à vos collègues…* ».

L'inspecteur Langlois commença à frotter son front avec sa main gauche et enchaîna « *Vous a-t-on vous-même interrogé à ce sujet ?* »

Mme Gervois : « *Non… pas particulièrement… ce que j'ai appris, c'est par la voisine, madame Lambert, que je l'ai su… je me suis moi-même rendue chez monsieur Héras le jeudi qui a suivi son décès car je n'avais plus de nouvelles et c'était inhabituel. C'est là que j'ai vu que sa porte d'entrée était sous scellés et qu'un drame était arrivé. J'ai interrogé madame Lambert, une dame qui habite juste en dessous de son appartement, et c'est elle qui m'a raconté pourquoi elle avait appelé la police. Moi, bien sûr, quand je suis passée rue des Perdrix, le corps était déjà à la morgue. J'étais bouleversée…* »

Langlois : « *Qui s'est occupé des obsèques ?* »

Mme Gervois : « *moi et madame Lambert aidés des services de la mairie. Il n'avait pas de famille sinon un demi-frère – Jean Héras – qu'il ne voyait plus depuis des années m'avait-il dit. Ce frère a été informé par la mairie. C'est lui d'ailleurs qui a payé la tombe. Il a transmis également une belle gerbe mais il ne s'est pas dérangé le jour où on a enterré ce pauvre Alain.* (les larmes lui venant aux yeux) *Quelle tristesse quand même. Son propre frère, vous imaginez cela, vous ?* »

Langlois enchainant : « *je comprends votre émotion madame Gervois… mais mon enquête doit continuer. J'apprends que cet Alain Héras est mort… j'ai désormais besoin de connaître les tenants et aboutissants d'un dossier fuyant comme rarement vu. Commençons par vos relations avec ces deux hommes si vous le voulez bien….* ».

S'ensuivit alors une très longue conversation entre l'inspecteur Langlois et madame Gervois. Cette dernière n'ayant semble-t-il rien à cacher, Langlois compléta utilement le petit schéma mental qu'il avait commencé à établir. C'est ainsi qu'il apprit que, selon elle, Héras et Delcourt avaient bien fait connaissance au club privé de Meudon disons début 2018. Elle-même s'était rendue dans ce club quelques semaines plus tard, début avril 2018, tout simplement pour rompre une solitude de plus en plus pesante. Sur place, elle avait sympathisé avec ces deux hommes un peu paumés… un peu comme elle d'ailleurs avait-elle rajouté…. Puis elle s'était un peu racontée. Madame Gervois avait été mariée quelques années mais avait divorcé en juin 2015. Le couple n'avait pas eu d'enfant(s). Par commodité, elle avait gardé son nom de mariage car son nom de jeune fille était difficile à prononcer : « Vandendriesche » un nom d'origine belge.

Cela dit, elle était bien française, née en mars 1981 à Tourcoing dans le département du Nord. Aujourd'hui, elle était infirmière et travaillait à l'hôpital de Meudon.

A propos d'Alain Héras, elle avait tout de suite compris qu'il était homosexuel. Mais il était très gentil et serviable. Au plan professionnel, il lui avait précisé être responsable de l'approvisionnement d'une supérette à Meudon. Quant à Michel Delcourt, son « ami », c'était tout autre chose. Un gars spécial d'une dizaine d'années plus jeune qu'Héras. Lui il « marchait à voiles et à vapeur » comme on dit et racontait toujours des histoires à dormir debout. Parfois il était sombre, parfois il était gai…. on ne savait jamais sur quel « Delcourt » on allait tomber ?

Selon Gervois, à la fin du troisième trimestre 2018, bien qu'elle les voyait un peu moins au club, elle sentait que Delcourt, pourtant plus ou moins ouvertement entretenu par Héras, commençait à se lasser de cette liaison. Cela avait pour conséquence de plonger Héras dans un grand désarroi. A la fin septembre 2018, Gervois lui aurait alors demandé, sans idée préconçue particulière, s'il y avait quelque chose dans sa vie qui pourrait retenir Delcourt ? A sa grande surprise, Héras, après y avoir réfléchi quelques instants lui aurait alors répondu : « *oui, j'ai peut-être une idée à ce sujet…* ». Devant les sourcils relevés de Langlois, madame Gervois avait enchaîné. « *Ne vous emballez pas inspecteur, j'ai bien quelque chose à raconter mais je suis loin de tout savoir…* ». Et madame Gervois de préciser alors sa pensée. Ou l'on reparla du demi-frère perdu de vue – Jean – qui à la différence d'Alain était l'enfant légitime des parents Héras, morts d'ailleurs tous les deux d'un accident de voiture à la fin des années 1980. Ce qui signifiait qu'Alain était bien un enfant adopté, né sous X en mars 1963. Le cadet – Jean - était devenu, selon son demi-frère, un homme d'affaires très important dont le siège de sa principale société était domicilié à Paris, mais elle ne savait pas trop où. Gervois ignorait également dans quels secteurs d'activité, il oeuvrait, le commerce international peut-être…

En tous cas, Alain Héras s'était un peu dévoilé et lui aurait dit qu'il avait entre les mains une lettre d'une fille qui avait été amoureuse de son frère cadet quand celui-ci avait 20 ou 21 ans. Une lettre qui annonçait qu'elle allait se suicider… malgré ou à cause de l'enfant qu'elle portait à l'époque, en raison du fait que ce frère cadet avait rompu brutalement leur liaison. Une lettre qui précéda de peu la mise à exécution de cette annonce macabre. A ce moment précis du récit de Gervois, Langlois l'interrompit « *Comment s'appelait cette jeune fille et avez-vous lu cette lettre ?* » Ce à quoi Gervois répondit en faisant non de la tête « *Alain Héras resta très discret sur ce sujet. Je n'ai jamais lu cette lettre et il ne m'a jamais donné le nom de la jeune fille. En revanche, il m'a dit qu'effectivement celle-ci s'était tailladée les veines au début de l'année 1986 et qu'étant à l'époque son confident, il était le seul à posséder cette lettre désignant son demi-frère Jean Héras comme étant clairement à l'origine de ce suicide…* ».

L'inspecteur Langlois poursuivit « *Laissez-moi deviner la suite. Alain Héras a raconté cette histoire à Michel Delcourt, en lui laissant entendre qu'il pourrait peut-être faire chanter Jean Héras, tout ceci à condition que Delcourt reste son petit ami. C'est cela ?* »

Mme Gervois, en dodelinant de la tête : « *Presque… il lui aurait bien mis ce marché en main mais, selon moi, Alain Héras n'a jamais donné la lettre à Delcourt car c'était son seul moyen de pression. Cela dit, pour tout vous dire, personne ne l'a jamais vu cette lettre et quand plus tard, Alain Héras s'est suicidé chez lui, on a bien retrouvé une lettre sur place, mais selon madame Lambert c'était la sienne expliquant son geste. En revanche et à ma connaissance, la fameuse lettre de l'ex petite amie de Jean Héras, personne n'y a jamais fait allusion. Demandez donc à vos collègues de Meudon, ils vous en diront peut-être plus que moi… mais vous savez, après réflexion, je me demande si Alain Héras ne nous a pas tous baratinés à propos de cette lettre d'une fille totalement inconnue…* »

Langlois en souriant « *C'est une possibilité…. mais ce qui est sûr, après votre témoignage, c'est que j'ai effectivement pas mal de choses à démêler avec la police de Meudon. J'ai encore une dernière chose à vous demander avant de prendre congé. En définitive, lettre de pression existante ou pas, que s'est-il passé par la suite entre Alain Héras et Michel Delcourt ?* »

Mme Gervois : « *Vous vous doutez bien que tout ceci n'a rien changé à une histoire qui semblait écrite d'avance. Delcourt a finalement quitté Héras fin septembre 2018. Leur idylle ayant duré environ 9 mois. Tous les deux, Héras et moi, on a continué de se voir, principalement au club, car j'ai un métier assez prenant. Quant à Delcourt, il est revenu un certain temps lui aussi au club mais il snobait Héras qui en a d'ailleurs été très affecté… cela dit, à compter de la mi-juillet 2019, on n'a plus vu Delcourt… je ne sais vraiment pas ce qu'il est devenu… il n'a pas répondu à mes textos ni à un ou deux coups de fil… j'ai laissé tomber… je ne suis pas sa mère…* »

Langlois, ne relevant pas : « *Selon vous, le suicide d'Héras de mars 2019 était donc logique. C'était le bout du chemin pour lui ?.. »*

Mme Gervois : « *Ben, oui et non…. c'est sûr que ce départ de Delcourt fin septembre 2018 lui a fait très mal car il avait déjà 55 ou 56 ans et qu'à cet âge-là, c'est dur de rencontrer de nouveau l'amour… Je ne vous cache pas que son moral à cette époque était très bas et j'avais peur qu'il ne fasse une bêtise. Mais moi, et la voisine d'ailleurs, on s'est alors donné beaucoup de mal pour lui redonner le goût de vivre. Avec le temps et comme je le voyais quand même une à deux fois par semaine, sans compter les textos, j'avais bon espoir qu'il finisse par remonter la pente tout doucement…. et ça semblait bien parti pour cela. C'est pourquoi son suicide de mars 2019 m'a quand même un peu surprise et surtout attristée. Faudrait voir ce qu'il a écrit dans sa lettre de départ… »*

Langlois « *Bien, bien, bien…, merci madame Gervois de ce long témoignage qui m'a vraiment aidé. J'ai pourtant encore un ultime renseignement à vous demander… ce sera le dernier, je vous le promets… à l'époque où vous étiez ensemble tous les trois, que pouvez-vous me dire à propos des projets personnels de Delcourt ? Si j'ai bien compris, il ne vient plus au club depuis longtemps mais vous avez eu le temps de le côtoyer un bon moment ?»*

Mme Gervois levant les yeux au ciel : « *Alors là, on rentre dans le domaine de la psychiatrie avancée ! comme je vous l'ai déjà dit, c'était un homme caméléon, érudit, secret, intéressant par certains côtés, mais très agaçant par d'autres… on ne savait jamais ce qu'il pensait vraiment et il avait une façon abrupte de couper certaines conversations. Il était parfois amusant mais le plus souvent nous mettait moi et Alain assez mal à l'aise… un mec pas facile quoi…*

vous dites qu'il a disparu dans la nature, ça ne m'étonne pas, c'est le genre de gars à ça… »

Langlois (insistant) : « *Il ne vous détaillait jamais ses projets personnels ? ne citait jamais de noms de personnes avec qui il allait bientôt travailler ?* »

Mme Gervois (dubitative) : « *Maintenant que vous me le dites, je dois avouer qu'il avait un don certain pour parler pour ne rien dire. Même après qu'Alain Héras eut pensé à demander « fraternellement » de l'argent à son frère, Delcourt n'a jamais fait allusion à cette proposition un peu gênante, si tant est d'ailleurs qu'Alain lui ait faite* »

Langlois : « *Vous n'en avez jamais reparlé vous-même tous les deux ?* »

Mme Gervois : « *Non, Alain n'a plus jamais évoqué ce sujet. Quant à moi, cela ne risquait pas… je trouvais cette idée de mini chantage complètement idiote* »

Langlois : « *Est-ce que Delcourt aimait l'argent ?* »

Mme Gervois : « *Ah ça, on peut dire que oui, il ne crachait vraiment pas dessus. Je pense même que s'il est resté un bon moment avec Alain, c'est qu'il ne payait pas grand-chose des courses ordinaires. D'ailleurs tous ses projets fumeux à venir étaient tous censés lui rapporter enfin la fortune… cela dit, reconnaissons qu'il n'était pas le seul à croire au Père Noël. Regardez tous ces joueurs compulsifs dans les bureaux de tabac…* »

Langlois enfin rassasié : *Au revoir madame Gervois et merci encore de votre long témoignage. Très bonne fin de journée…* »

9) Deux pistes nouvelles

Après que l'inspecteur Langlois soit revenu à Saint-Germain et après avoir fait le compte-rendu de sa visite à madame Gervois au commissaire Serviano et à son collègue Ferruci, il fut décidé - d'ailleurs collégialement - de retourner au commissariat de Meudon pour en savoir plus sur cette histoire de suicide du dénommé Alain Héras. Mais l'inspecteur Langlois se montra encore plus précis et demanda l'autorisation au commissaire Serviano que Ferruci soit également détaché définitivement dans cette affaire.

A la question qu'il attendait du commissaire : « *A quoi penses-tu Max ?* » ce dernier répondit : « *Cette très gentille collaboratrice d'un jour qui a pour nom Aline Gervois nous a donc mis sur deux pistes… la première, c'est le frère cadet, le dénommé Jean Héras qu'on a peut-être fait chanter dans cette histoire et la seconde, c'est l'existence de cette fille amoureuse justement du cadet de la famille qui se serait suicidée, excusez-moi du chiffre patron… il y a 34 ans de cela, début 1986……* »

Serviano à l'adresse de Langlois : « *Ecoute, pour documenter ce soi-disant grand patron du nom d'Héras, Domi va s'en sortir mais pour cette fille, comment veux-tu qu'il trouve quelque chose ?…* »

Langlois : « *J'y ai réfléchi naturellement. Jean Héras a dû faire des études pointues. Souvent, ce type de gars se retrouve en boîte d'ingénieur ou commerciale. Qui dit cela, dit « promo ». Qui dit « promo dit camarade(s) de promo » Qui dit camarade(s) de jean Héras dit parfois « compète » entre eux pour la drague… bref, peut-être qu'il y a un gars en France qui se souvient de la fille qu'aurait entrepris Jean Héras et du suicide de celle-ci après que ce dernier l'eut laissé tomber ? »*

Devant la mine circonspecte du commissaire Serviano, Langlois enchaîna : « *Il y a même une autre façon de faire ! Cette fille se serait donc suicidée début 1986. Elle devait forcément habiter soit pas trop loin de l'école d'ingénieurs d'Héras, soit pas trop loin de son domicile privé. Ça fait un ou deux départements à regarder à tout casser. Un suicide n'est pas une mort naturelle de maladie ou de vieillissement. Donc la police locale a dû fourrer son nez là-dedans. Domi n'a plus qu'à demander dans quelques mairies des comptes-rendus de suicides au cours du premier trimestre 1986. Ça doit pouvoir se retrouver cette info ?... ».*

Le commissaire Serviano, sceptique au début de l'intervention de Langlois, finit par se montrer vaguement convaincu que c'était effectivement possible. Il rajouta en direction de son second inspecteur : « *Hé bien, Domi, remercie ton petit camarade, il va t'éviter pendant quelque temps certaines interventions pour tapage nocturne...* », ce à quoi le dénommé Ferruci répondit en prenant un accent corse adapté : « *Quand il viendra, chef... à Bastia ou à Ajaccio,...on le loupera pas chef... ».*

Le travail attribué d'office par Langlois à l'inspecteur Ferruci s'annonçait effectivement assez long et aléatoire. Celui qu'il s'était réservé semblait plus carré. Après avoir pris rendez-vous avec ses collègues de Meudon, il se présenta à eux le mardi 7 avril 2020. Bien sûr, tout ceci aurait pu se régler en partie par téléphone, voire par mail, mais l'inspecteur Langlois ne fonctionnait pas comme cela. Quinze ans de métier l'avaient persuadé qu'on en apprenait bien plus en discutant de vive voix avec son ou ses interlocuteurs qu'en utilisant à outrance les moyens actuels de communication. Cette affaire ressemblait à une grosse pelote donnant l'impression qu'au fur à mesure qu'on la dévidait le corps central grossissait ! Qui pouvait savoir les nouvelles informations que ses collègues allaient lui communiquer ?

Le jour J, Langlois se retrouva en compagnie du commissaire Bremond et de l'un de ses adjoints – l'inspecteur Pozzi – celui qui avait mené l'enquête sur le suicide du dénommé Alain Héras. Sans surprise, ce furent les deux inspecteurs qui nourrirent le débat, le commissaire Brémond les écoutant, les yeux mi-clos, une pipe vide vissée entre les dents. Dans ce contexte de vieux roman policier, qu'apprit donc l'inspecteur Langlois à propos du suicide d'Alain Héras ? que celui-ci avait probablement eu lieu le dimanche 3 mars 2019 puisque la police, prévenue tardivement, n'avait fracturé sa porte que le mercredi suivant 6 mars. C'est le médecin légiste qui avait situé la date du décès du moribond trois jours auparavant sa découverte. Une question majeure taraudait Langlois désirant savoir de quoi était mort Héras ? On lui répondit qu'il s'était suicidé par ingestion d'un barbiturique, le « nembutal ». A fortes doses, ce produit provoque un arrêt cardiorespiratoire fatal. Mais l'inspecteur Pozzi n'omit pas d'informer Langlois que l'examen post mortem du suicidé avait également révélé des traces significatives de « GHB » ! un puissant psychotrope qu'utilisent des personnes malintentionnées pour droguer à leur insu des proies la plupart du temps féminines dans le cadre de soirées en boîtes de nuit.

Langlois : « *Et alors, qu'en avez-vous déduit ?* »

Pozzi : « *Qu'il s'était mis en condition plus facile pour passer à l'acte...* »

Langlois : « *c'est plausible selon les spécialistes ?* »

Pozzi : « *Ils m'ont laissé entendre que c'était plutôt curieux mais pourquoi pas m'ont-ils dit* »

Suite à ce premier thème d'échange, la conversation continua à propos de la lettre d'adieu d'Alain Héras. C'était un point majeur de l'enquête puisque naturellement, la validation de cette missive par les experts graphologues constituait un préalable au classement éventuel du dossier. Or sur cette question, les trois spécialistes consultés furent formels. Cette lettre émanait bien du suicidé. Langlois avait cependant rajouté : « *Ils en sont sûrs à 100% ?* ». Ce à quoi Pozzi répondit : « *en gros à 90%, ce qui est selon leurs critères professionnels un pourcentage d'excellente qualité... qui ne laisse guère de doutes sur l'auteur de la lettre* ».

Naturellement l'inspecteur Langlois demanda qu'on lui transmette son contenu. Pozzi, qui savait que ce dernier lui demanderait le document lui passa la feuille en question en rajoutant : « *Et en plus, vous allez voir, c'est l'original. Cet homme n'avait pas d'enfants, ni de parents... décédés depuis pas mal de temps. Il n'avait qu'un demi-frère - Jean Héras – un important homme d'affaires qui travaille un peu partout en Europe. Saisi téléphoniquement par nos services, ce dernier a pris acte laconiquement du décès de son demi-frère en nous précisant que cela faisait très longtemps qu'ils ne se fréquentaient plus mais qu'il s'occuperait naturellement des obsèques. Ce qu'il a fait d'ailleurs... et très correctement...* ».

Langlois « *A-t-il pris au moins connaissance de la lettre de son frère ?* »

Pozzi : « *Non… c'est triste hein…* ».

Langlois ne répondit pas à l'observation de son collègue et prit quelques instants pour relire la dernière lettre d'Héras. Il la lut mentalement. L'adieu était court et globalement son auteur disait qu'il était au bout du rouleau et qu'il n'avait plus la force de continuer à faire semblant de croire que sa vie pouvait avoir encore un sens…. et naturellement, elle se terminait par la sempiternelle phrase de tout candidat au suicide « *De toute façon, je sais que je ne manquerai à personne…* ». Langlois redonna la feuille à l'inspecteur Pozzi et continua à lui poser des questions, toujours sous le regard impassible du commissaire Bremond.

Langlois : « *Dans quel état se trouvait l'appartement d'Héras quand vous êtes arrivés sur place ?* »

Pozzi : « *L'appartement état correctement rangé. Son ordinateur était en place – nous l'avons d'ailleurs saisi – et la porte de l'appartement était fermée de l'intérieur. En fait, la seule chose qu'on n'a pas retrouvée, c'est son portable…. on ne sait pas ce qu'il en a fait…. mais pour le reste, rien n'était laissé à l'abandon… le frigo était vide. Il restait juste une bouteille d'eau…* »

Langlois : « *Où se trouvait le corps quand vous êtes intervenus ?* »

Pozzi : « *Allongé sur le lit de sa chambre. Il était d'ailleurs temps qu'on arrive car il commençait à se rigidifier… un verre renversé était sur sa table de nuit. On a vérifié les empreintes. C'étaient bien les siennes…*

À partir de là, une fois que les graphologues nous ont confirmé que c'était bien son écriture, on a clos le dossier… nous ne pouvions pas faire autrement ».

Langlois ne répondit pas et rajouta : « *Vous me confirmez que la porte d'entrée était fermée de l'intérieur ?* »

Pozzi : « *Ca ne nous a pas choqué… les gars qui sont au bout du rouleau s'isolent fréquemment. Ils veulent disparaître du reste du monde des vivants…* »

Langlois : « *Bien que je me doute déjà de la réponse, vous n'avez rien trouvé de particulier dans l'appartement… une autre lettre par exemple, ou un carnet d'adresses, une photo ?* »

Pozzi : « *Non, rien de particulier, mais si vous voulez, on peut vous laisser son ordinateur. Il est entreposé dans notre service des matériels abandonnés…. de mémoire, on ne l'a pas encore mis à la casse…* »

Langlois : « *Merci bien… je le ferai prendre un peu plus tard…. ça m'intéresse effectivement… une dernière question avant de vous quitter : on m'a dit que c'était une voisine qui vous avait prévenu du fait que monsieur Héras ne donnait plus signes de vie* »

Pozzi : « *Oui, c'est bien cela… madame Eliane Lambert qui habite juste en dessous de chez Héras, au second* »

Langlois : « *Lui avez-vous demandé si elle se souvenait avoir entendu monter quelqu'un trois jours avant qu'on ait trouvé Héras ?* »

Pozzi : « *Non, trop d'éléments jouaient en faveur du suicide. C'était un brave type. Professionnellement, nous l'avons vérifié, il était très apprécié… personne ne pouvait lui en vouloir au point de le tuer… la voisine d'ailleurs, interrogée n'a pas dit le contraire.*

Enfin, on avait par ailleurs à l'époque beaucoup d'autres affaires plus lourdes et sensibles que celle-là... »

Langlois hocha la tête, ne répondit pas et commença à vouloir quitter la pièce quand le commissaire Brémond prit enfin la parole : « *Inspecteur Langlois, j'ai l'impression que vous pensez qu'en définitive, ce n'était pas un suicide et qu'on aurait peut-être bâclé cette affaire. Est-ce que je me trompe ? »*

Langlois sourit : « *Rassurez-vous, commissaire, j'ai l'air très pointilleux comme ça mais si nous avions été à votre place à l'époque où ça s'est passé, il est très probable que nous serions arrivés aux mêmes conclusions »*

Brémond : « *Mais aujourd'hui ? »*.

Langlois (faisant une légère moue) : « *Aujourd(hui, il n'est pas impossible que ce suicide s'inscrive à l'intérieur d'une histoire complexe et tordue qui me fait beaucoup réfléchir, peut-être trop d'ailleurs. Du coup, je me pose pas mal de questions et ça transparait dans mon enquête personnelle. Ça vous va comme réponse ? »*

Brémond en souriant et en regardant l'inspecteur Pozzi : « *Disons qu'on va s'en contenter. Mes amitiés au commissaire Serviano... »*

Langlois : « *Je transmettrai commissaire et merci encore de votre collaboration. Je ferai prendre l'ordinateur d'Héras dans les jours à venir ».*

10) Un autre monde

Une semaine après la visite de l'inspecteur Langlois auprès de ses collègues de Meudon, le mardi 14 avril 2020 précisément, se tint une nouvelle réunion dans le bureau du commissaire Serviano. L'objet de celle-ci était bien évidemment de faire connaissance avec le fameux frère – Jean Héras – celui qui avait, paraît-il, réussi dans les affaires, celui aussi qui visiblement avait coupé les ponts avec son demi-frère. Puisque c'est l'inspecteur Ferruci qui avait été désigné pour tout savoir sur Jean Héras, on lui donna volontiers la parole.

Ce dernier commença moderato. Jean Héras, né en juin 1965, avait donc 55 ans aujourd'hui. Jeune, il habitait avec ses parents à Mennecy, dans l'Essonne. Ses études avaient été honorables sans plus : Bac D encore appelé à l'époque « Sciences Ex » en 1983 avec mention « assez bien ». En septembre de la même année, ses parents lui payèrent une place dans une boîte privée locale préparant au commerce et à la gestion d'entreprise. Une école qui avait le mérite de se trouver à proximité du domicile familial, à Fontenay-le-Vicomte précisément, également dans l'Essonne. Il en est sorti quatre ans plus tard en juin 1987 avec le titre ronflant de « master en commerce international ». De fait, après quelques années de relatifs tâtonnements, le jeune Héras montra indiscutablement de réelles dispositions pour faire du business tous azimuts, dans des domaines aussi variés que le commerce international, la création d'entreprises et les placements immobiliers. A 40 ans, sa situation personnelle était déjà fort enviable. Ses prises de participation étaient, à l'époque, très nombreuses même si certaines d'entre elles furent des échecs. Par la suite, sa carrière d'entrepreneur est allée crescendo. Il est devenu PDG de plusieurs sociétés en France et à l'étranger, notamment en Italie et en Belgique, surtout dans le bâtiment et le commerce international. Bref, de nos jours en 2020, ce grand patron pèserait très lourd sur de nombreux marchés, plusieurs milliards d'euros de chiffre d'affaires, des dizaines de succursales en France et à l'étranger. Un self made man qui avait donc « réussi » au-delà de tout ce qu'il aurait pu lui-même imaginer étant donné sa formation initiale assez quelconque.

L'inspecteur Ferruci s'arrêta à ce stade et attendit d'éventuelles questions sur cette partie de la vie de Jean Héras. Son alter ego l'inspecteur Langlois prit la balle au bond et posa une question dont il connaissait déjà la réponse « *courant 2019, était-il en négociations particulières avec un autre mastodonte économique ?* ». L'inspecteur Ferruci acquiesça de la tête en indiquant qu'Héras travaillait depuis quelque temps avec acharnement pour s'implanter dans le nord-est des Etats-Unis, en Pennsylvanie précisément. Un méga projet de complexe industriel et pétrolier d'autant plus difficile à concrétiser que son groupe était en concurrence directe avec deux autres entités quasiment de même taille… des Canadiens et des Allemands. A ce jour, les discussions étaient d'ailleurs toujours en cours.

L'inspecteur Langlois reprit la parole « *Ok, Domi, on a tous compris qu'Héras était un « grand fauve » des affaires et du business mais que peux-tu rajouter à propos de sa personnalité dans ce monde si particulier ?* ».

L'inspecteur Ferruci savait que cette question tomberait puisque les deux hommes avaient naturellement échangé avant la réunion en cours. La réponse ne surprit donc pas l'inspecteur Langlois. Héras était un homme d'affaires sans aucun état d'âme, et même sans la moindre pitié pour ceux qui s'opposaient à lui, utilisant – c'était connu dans le milieu – tous les moyens à sa disposition pour parvenir à ses fins, les légaux… comme les autres… et n'hésitant pas à mobiliser des cohortes d'avocats pour se sortir juridiquement de situations pas très claires, voire à la limite délictueuses. Un vrai « tueur » dans le monde des affaires industrielles, financières et commerciales.

Langlois reprit la parole : « *Et au plan privé, qu'as-tu à nous raconter sur ce sulfureux personnage ?* ». Ferruci enchaîna alors sur l'autre pan de la vie de Jean Héras… Deux ans après être sorti diplômé de son école commerciale, ses parents se sont tués brutalement - courant 1989 - dans un accident de la route. Ils n'avaient qu'une petite soixantaine tous les deux. Le père possédait alors une société de pièces détachées dans la métallurgie et gagnait très correctement sa vie. Jean Héras, alors âgé de 24 ans a mis très peu de temps pour revendre la société de son père et se constituer ainsi une bonne mise de fonds initiale afin de faire d'autres types d'investissements. On a tous bien vu lesquels précédemment. Est-ce que son demi-frère adopté – l'aîné Alain Héras - alors âgé de 26 ans, a eu son mot à dire dans cette vente et en a-t-il lui-même profité ? Ferruci ne le savait pas… « *peut-être a-t-il été dédommagé, peut-être pas… il n'est plus là de toute façon pour en parler. On pourra toujours demander au cadet des Héras quand on le verra…* ».

Au plan de sa vie privée, quand il a eu 35 ans, en l'an 2000, Jean Héras s'est marié avec une femme « de la haute », mademoiselle Françoise de Saint-Avour, qui avait 26 ans le jour de la cérémonie. Ils ont eu par la suite trois enfants : deux garçons Jean-Gilbert qui aujourd'hui a 18 ans et Bernard-Henri qui en a 16. Puis en 2006 est née une fille – Mélissandre – âgée aujourd'hui de 14 ans. De nos jours, toute la famille habite dans une splendide demeure nichée dans le quartier le plus huppé de Neuilly-sur-Seine, au 3 impasse Voltaire. Ferruci précisa à ce sujet qu'on ne pouvait accéder directement à cette adresse. La maison est « bunkerisée » et située dans un cul-de-sac. Une barrière impressionnante - sous surveillance électronique permanente - bloque l'entrée de l'impasse jour et nuit. Sans beeper ultra perfectionné, personne ne peut accéder à la résidence des Héras. Naturellement, l'homme d'affaires possède plusieurs autres biens immobiliers un peu partout en France et même à l'étranger. Il n'est pas utile à ce stade de tout recenser.

L'inspecteur Langlois reprit la parole « *Raconte nous Domi comment se débrouille notre ami Héras pour qu'on ne l'emm... pas trop ?* » Et l'inspecteur Ferruci de parler effectivement du service d'ordre privé de Jean Héras. Alternativement, et donc presque quotidiennement, ce dernier bénéficie de la protection rapprochée de deux « gorilles » recrutés es spécialités. Ils sont tous les deux officiellement français mais en réalité sont d'origine étrangère. Le premier s'appelle Anton Kowalski et est né polonais. C'est le n° 1 du service d'ordre privé d'Héras. Le second se nomme Richard Verhoeven et c'est un franco-belge. Ils ont tous les deux une quarantaine d'années et sont rompus aux arts martiaux. Ferruci précisant pour finir qu'après avoir eu accès à leur fiche d'identité, il confirmait que le premier nommé avait bien la tête de l'emploi à la différence de Verhoeven, plus fin indéniablement. Le commissaire Serviano qui avait écouté patiemment le compte-rendu de son second inspecteur, les yeux mi-clos, cigarillo aux lèvres, au point que l'on en venait même à penser qu'il s'était peut-être légèrement assoupi, prit alors la parole.

Serviano : « *Merci Domi de ce compte-rendu très complet. Maintenant qu'il est achevé, peux-tu me dire Max ce que tu cherches exactement à savoir depuis le début de cette enquête avec tes visites chez les uns et chez les autres. Visiblement, tu as quelque chose en tête mais quoi précisément ?* »

Langlois qui ne tutoyait pas son supérieur : « *Vous allez rire, patron, mais avant d'en parler, il faut que Domi termine le boulot que je lui ai confié la fois dernière...* »

Serviano : « *L'histoire de la fille qui s'est suicidée il y a plus de trente ans ?* »

Langlois : « *c'est ça... exactement. C'est l'une des nombreuses pièces encore manquantes d'un méga puzzle pas triste du tout...* »

Serviano : « *T'as déjà décortiqué l'affaire ?* »

Langlois : « *Pas complétement patron. Quand on aura identifié cette fille - je compte sur toi Domi – il manquera encore pas mal de pièces mais on aura avancé... Quant aux preuves, alors là c'est une autre partie du dossier encore plus déprimante que la mise à jour du scenario principal auquel je pense...* »

Serviano : « *Bref, on n'est pas rendu Max…. qu'est-ce-que je dis à Granger[2] ?...* »

Langlois : « *Qu'on bosse dur sur le dossier, qu'on fait le maximum, mais que c'est encore bien trop tôt pour clôturer l'enquête préliminaire…* »

11) L'inconnue de 1986

La semaine suivante qui fit suite au premier compte-rendu touchant à la personnalité de Jean Héras se tint une seconde réunion dans le bureau du commissaire Serviano. Une réunion censée déboucher sur la mise à jour de l'identité de la jeune femme qui se serait suicidée, début 1986. Un suicide occasionné selon ce qu'en savait madame Gervois par le fait que son petit ami de l'époque – Jean Héras - l'aurait laissé choir, elle et son enfant à naître. Concernant la piste des anciens de la promo d'Héras, Ferruci calma rapidement tout le monde. En définitive ce dernier avait bien fait des études supérieures dans sa boîte privée s'appelant à l'époque l'EHEIC « l'Ecole des Hautes Etudes Internationales et Commerciales » effectivement localisée du côté de Fontenay-le-Vicomte dans l'Essonne, à proximité du domicile de la famille Héras. Mais depuis le début des années 1990, cette école a changé de nom assez fréquemment et des équipes nouvelles se sont succédées régulièrement. Les derniers responsables en date qui ont hérité des murs et du bail se sont tournés notamment vers l'apprentissage de langues étrangères, le droit des affaires et

---

[2] Le juge d'instruction en charge de l'affaire

même le secrétariat administratif. Bref, faute de conservation suffisamment lointaine des archives de l'école, il fut impossible à l'inspecteur Ferruci de reconstituer la dernière année de formation d'études supérieures de Jean Héras… et donc d'interroger d'éventuels « copains » de promo, si tant est d'ailleurs qu'il en ait eu où qu'il en ait existé…

Dès lors, l'inspecteur Ferruci avait travaillé l'autre piste : les suicidées du début d'année 1986 de Fontenay le Vicomte. Il avait d'abord épluché tous les avis de décès des jeunes femmes de 18 à 20 ans, dans le créneau de la période supposée exacte, donnée par madame Gervois. Sur cette base de travail Ferruci en avait recensé une petite dizaine. Mais aucune de ces jeunes femmes n'était morte suite à un suicide. Il s'était donc tourné du côté de Mennecy, là ou vivait la famille Héras. Selon l'inspecteur Ferruci, le travail ingrat et morbide qu'on lui avait attribué fut de fait, assez laborieux. Il faillit même rester improductif tant il croyait à peine que cette histoire de suicide fût véridique. Mais in extremis, où moment où, presque avec soulagement, il allait refermer ce second dossier, une jeune femme d'origine corse semblait enfin cocher toutes les cases. Elle avait bien 19 ans, avait un jeune frère d'une dizaine d'années et vivait à l'époque chez ses parents. Et surtout ceux-ci demeuraient dans une petite maison située à l'entrée de Mennecy, à quelque cinquante mètres de la maison de la famille Héras ! Cette jeune fille pouvait donc très bien avoir connu le cadet de la famille quelques semaines plus tôt et avoir eu des relations sexuelles avec lui débouchant sur une grossesse. « *Son nom ?* » demanda laconiquement l'inspecteur Langlois qui naturellement connaissait déjà la réponse.

« *Annie Coggioni* » répondit l'inspecteur Ferruci. « *Une corse... une compatriote...* » avait-il rajouté. Langlois ne releva pas et continua : « *Tu m'as dit que ses parents étaient encore vivants et qu'ils habitaient toujours Mennecy. Tu nous confirmes cela ?* ». Ferruci : « *Cinq sur cinq* ». Langlois enchaîna « *Et bien, il ne me reste plus qu'à rendre une petite visite à ce vieux couple, même s'ils ne vont certainement pas apprécier que je remue un passé plus que douloureux...* »

Le Commissaire Serviano : « *Justement, est-ce bien utile que tu y ailles ? Tu as le nom de la fille. Cela ne te suffit pas ?...* »

Langlois : « *Non, patron... pour moi, cette visite a du sens, mais promis-juré, je vous tiendrai informé de ce que je vais rapporter de Mennecy...* ».

Serviano : « *Et bien va mon petit...va...* ».

12) Douleurs familiales

Ce fut le mardi 5 mai 2020, après avoir pris rendez-vous avec le couple Coggioni, que l'inspecteur Langlois se rendit à Mennecy, dans l'Essonne. Une fois sur place, la maison qui se présenta à lui était vieillotte, défraichie mais plutôt grande. La peinture extérieure blanchâtre et granuleuse ne facilitait cependant pas l'envie d'y entrer. En revanche, le petit potager qui s'avançait devant le perron mélangeait harmonieusement une symphonie de couleurs... De nombreux légumes : artichauts, brocolis, laitues, petit pois, radis, tomates... prenaient forme un peu partout dans ce périmètre coloré.

L'inspecteur Langlois sonna et fut accueilli par un couple de retraités plus très jeunes certes mais qui semblaient encore alertes pour leur âge. Le père - Lucca Coggioni - avait 80 ans, la mère – Maria - 75 ans. Les présentations faites, on installa l'inspecteur Langlois sur l'une des chaises du salon, celle qui ne couinait pas, tandis que le couple Coggioni s'installa en face de lui, dans un vieux divan désormais très affaissé… attendant avec une pointe de curiosité la ou les raisons poussant un inspecteur de police à venir les voir. De fait, pour ne pas effaroucher ce couple âgé, Langlois quand il avait eu la mère au téléphone était resté très évasif quant au motif de sa venue. Le risque étant que si ces deux personnes méfiantes s'étaient à priori refermées comme des huitres, l'inspecteur n'aurait eu strictement aucun moyen juridique, ni l'envie d'ailleurs, de leur imposer un face à face dont la police est parfois coutumière... Voilà en tout cas pourquoi la conversation qui s'ensuivit commença sur un ton très modéré.

Langlois : « *Madame, monsieur Coggioni, si je suis ici devant vous, c'est pour vous parler d'un homme que vous avez connu il y a de cela pas mal de temps et s'appelant Alain Héras…* » puis après un bref temps de pose : « *Je crois que ce nom vous rappelle quelque chose ?* »

Madame Coggioni : « *Je pense bien, c'était l'un des deux garçons d'une famille qui habitait, il y a longtemps, pas loin de chez nous… et quand je dis garçon, je veux dire que c'était déjà un jeune homme* »

Langlois : « *He bien malheureusement pour lui, ce jeune homme de cette époque est décédé il y a un peu plus d'un an maintenant et ne peut donc plus parler. Pour des raisons un peu longues à expliquer, la police recherche toutes les personnes qu'il a fréquentées dans sa période d'homme mature... mais également dans sa jeunesse.. et nous avons appris, un peu fortuitement d'ailleurs, qu'il avait bien connu votre fille ainée - Annie je crois - décédée d'ailleurs elle aussi d'après ce qu'on nous a rapporté »*

Monsieur Coggioni, après avoir furtivement regardé son épouse, prit la parole d'une voix caverneuse : « *monsieur l'inspecteur, notre fille s'est suicidée très précisément le lundi 10 mars 1986, à l'âge de 19 ans. Elle s'est taillé les veines...* ». Devant l'air faussement éberlué et contrit de l'inspecteur Langlois, monsieur Coggioni rajouta, la voix voilée « *... et en se suicidant elle a mis également fin à un enfant à naître qui n'était alors qu'un foetus de quelques semaines...* » Langlois : « *Nous n'étions pas informés des détails du décès de votre fille... je suis vraiment navré... voulez-vous qu'on remette cet entretien un peu plus tard, voire qu'on l'annule purement et simplement ?* »

Comme monsieur Coggioni se taisait, ce fut madame qui reprit la parole et sauva en quelque sorte l'inspecteur Langlois : « *Ecoutez, de Saint-Germain à Mennecy, cela fait une bonne trotte... Puisque vous êtes là, on peut continuer d'évoquer ce passé qui nous a, vous l'imaginez, anéanti – pensez, elle n'avait que 19 ans – et dont d'ailleurs on ne s'est jamais vraiment remis. Mais puisque vous êtes là.... alors que voulez-vous savoir sur monsieur Alain Héras ?* »

Langlois : « *Savez-vous si c'était le père de cet enfant ?* »

Madame Coggioni (ouvrant grand les yeux) : « *je ne comprends pas très bien. Si vous connaissez un peu Alain Héras, vous devez être informé qu'il était homosexuel ?* »

Langlois : « *Nous sommes informés madame Coggioni mais en la matière, si vous saviez tous les cas de figure qu'on rencontre dans une* enquête de police. Cela dit en creux, vous êtes en train de me dire que c'était uniquement un copain de votre fille ? »

Madame Coggioni : « *Oui, ils s'entendaient bien… il était très attentionné envers elle. Je pense même qu'il est celui qui a retardé le geste final de notre fille…* »

Langlois : « *Puisqu'on en parle, avez-vous su quel était le père de l'enfant de votre fille ?* »

Madame Coggioni : « *Bien sûr. Ce n'était un secret pour personne dans tout le quartier. Ma fille est tombée éperdument amoureuse du second fils de la famille Héras, le cadet, prénommé Jean. Malheureusement, pour elle et pour nous, ce salaud l'a quittée du jour au lendemain, en novembre 1985* »

Langlois : « *Je sais que ce doit être dur à remuer mais vous a-t-elle laissé une lettre d'adieu ?* »

Madame Coggioni : « *si l'on veut… une petite feuille d'écolier sur laquelle est écrit… je la connais par coeur : - Pardonnez-moi, je ne peux me résoudre à vivre. je vous aime. Annie - Mon dieu, quand j'y repense… pourquoi cette question ?* »

Langlois : « *Dans ce mot, elle n'a donc pas fait allusion à Alain Héras ?* »

Madame Coggioni (chafouin) : « *Ben, non … d'ailleurs qu'aurait-elle pu dire à son sujet ? Alain Héras était devenu certes son confident, mais la complète folie qui a pris notre fille à la fin de l'année 1985 vient du seul frère cadet : Jean, un être sans cœur qui lorsqu'il a appris qu'Annie était enceinte s'est tout de suite défilé… un scenario écrit d'avance tant certains hommes n'assument pas leurs responsabilités… et celui-là en particulier…* »

Langlois : « *Vous avez un fils, je crois… ça a dû vous consoler un tout petit peu ?* »

Madame Coggioni (les yeux emplis de larmes) : « *Oui, nous avions également un fils : Pascal. Il avait dix ans de moins qu'Annie. Malheureusement, il est mort lui aussi, écrasé par un chauffard l'année dernière, début août 2019 en soirée alors qu'il rentrait à pied chez lui au Plessis-Robinson.* (Devant la mine surprise de l'inspecteur Langlois) *Il rentrait de son travail quand un « 4-4 » noir l'a percuté de côté selon un témoin qui n'a vu qu'une partie de la scène. Le chauffard a pris la fuite à grande vitesse mais, toujours selon ce témoin, sa plaque d'immatriculation de derrière était masquée. Il n'a donc rien pu communiquer à la police…* »

Langlois (soudain perplexe) : « *Il y a eu forcément une enquête de police ?* »

Monsieur Coggioni (reprenant la parole) : « *Oui, durant trois, quatre semaines, mais la plaque arrière était vraiment illisible d'après ce qu'on nous a dit. Alors après… une voiture noire dans la nuit… autant chercher une aiguille dans une botte de fin. Fin août, ils nous ont dit qu'ils ne pouvaient que classer l'affaire…* »

Langlois : « *Votre fils se connaissait-il des ennemis ?* »

Monsieur Coggioni : « *On ne peut pas répondre à cela. Il travaillait au sein d'une société de sécurité. Il surveillait des sites industriels sensibles je crois. En fait, pour vous dire la vérité, on ne le voyait plus trop… Il avait sa vie à lui et à part de rares visites et quelques coups de fil espacés, nous ne savions pas trop comment s'était organisée sa vie… ces derniers temps, il avait de sérieux problèmes d'argent semble-t-il… d'ailleurs il nous avait laissé entendre qu'il voulait partir à l'étranger* »

Langlois : « *Il était marié ? il avait des enfants ?* »

Madame Coggioni (reprenant la parole après avoir séché ses larmes) : « *Non, il n'était même pas marié… c'est vrai qu'il avait un caractère difficile… et son métier l'obligeait à rentrer tard… ce n'était pas les meilleures conditions pour fonder une famille… cela dit alors qu'on ne le voyait plus beaucoup, et juste avant d'être renversé par le chauffard, il était venu nous voir deux fois de suite : début juin puis fin juillet 2019 juste quelques jours avant sa mort. On aurait dit qu'il la pressentait… les deux fois on avait encore reparlé d'Annie. Bien que jeune à l'époque, ce suicide l'avait beaucoup marqué…* »

Monsieur Coggioni, en mode bougon et sans rentrer dans trop de détails : « *Pour autant, et c'est triste à dire, notre fils ne nous a jamais fait oublier le suicide de notre fille… son comportement n'a pas été celui que nous attendions de lui … il était endetté j'en suis sûr, mais il refusait de s'étendre sur le sujet. « Question de fierté »*, disait-il. *Elle lui sert à quoi aujourd'hui sa fierté ?…* »

Langlois (n'ayant plus trop de questions à poser) : « *Je vois, désolé d'avoir remué tant de mauvais souvenirs. Pour en revenir à l'homme à l'origine du décès de votre fille – Jean Héras - j'imagine que si vous deviez un jour apprendre son décès, cela vous semblerait relever de la justice immanente…* »

Monsieur Coggioni, soudain livide, enchaina « *J'espère vivre encore assez longtemps pour le voir crever cette sale ordure. Il a gâché la vie de ma femme et la mienne par la même occasion. Annie était une jeune fille d'une incroyable sensibilité, très croyante, qui ne savait pas ce qu'était le mal. Il a fallu qu'elle tombe sur l'un des plus grands pourris de la planète, car on le connaît son palmarès à ce salaud.*

Il suffit de lire certains articles de journaux ou de se renseigner sur internet. Qu'il aille en enfer… »

Langlois : *« Je comprends d'autant mieux vos réactions que sur la base de ce que vous venez de me raconter, la suite de la carrière de ce Jean Héras semble montrer que cet homme ne s'était vraiment pas amélioré ! »*

Madame Coggioni : *« C'est d'ailleurs plutôt vers lui que vous devriez vous concentrer. Un malfrat en alpaga, un homme mauvais qui sème la désolation partout où il passe… »*

Langlois : *« Ma visite n'aura donc pas été inutile. On va regarder en effet de plus près certaines décisions prises récemment par cet homme. Elles ont peut-être un rapport avec ce que nous cherchons à savoir concernant son frère Alain. Madame, monsieur, merci de m'avoir accordé ces quelques minutes… Bien que très tardives, je vous transmets mes sincères condoléances pour les deux épreuves que vous avez subies… ».*

13)   Esquisse d'un premier scenario

Ce fut le mercredi 6 mai 2020 qu'une nouvelle réunion se tint à Saint-Germain dans le bureau du commissaire Serviano. Comme les précédentes à propos du dossier Delcourt les deux inspecteurs en charge de cette affaire - Langlois et Ferruci – étaient présents. L'objet de cette réunion était simple : Concernant l'affaire, préparer un premier scenario destiné au juge Granger pouvant orienter l'enquête sur ce qui s'était passé fin juillet ou début août 2019. Ce fut sans surprise l'inspecteur Langlois qui ouvrit la réunion.

Ce dernier, debout au milieu de la pièce, en face du bureau du commissaire, débuta son propos : « *Patron, je suis parti de l'idée que Delcourt n'est pas mort fortuitement, des suites d'une vie un peu chaotique ou des éventuelles inimitiés qu'il aurait pu se créer ici ou là compte tenu de son sale caractère. Ce qui me fait dire ça, c'est la façon dont il est mort. L'assassin (ou les assassins d'ailleurs) s'est donné la peine de récupérer son matériel informatique, son portable et tous ses papiers personnels. On aurait voulu l'effacer de la circulation qu'on ne s'y serait pas pris autrement. Par ailleurs, son où ses assassins ont pu bénéficier d'un minimum de logistique pour transporter et enterrer son corps de Meudon jusqu'à la forêt de Saint-Germain...* »

Serviano, sans ambages et provocateur : « *Ok, c'est un meurtre prémédité. Qui l'a tué et pourquoi ?* »

Langlois : « *Je vois que vous êtes pressé patron mais avant de tenter de répondre à cette question, il faut revenir un peu en arrière et notamment au « suicide » d'Alain Héras* »

Serviano : « *Tu ne crois pas à son suicide, ça on avait compris mais qu'est-ce qui te fait penser ça ?* »

Langlois : « *D'abord, le fond : le témoignage de Gervois est capital. Héras n'était pas au sommet de sa forme, je vous l'accorde, mais il remontait la pente selon elle. Or il avait été « lâché » par Delcourt fin septembre 2018. Et il se serait suicidé en mars 2019 ! Six à sept mois pour s'apercevoir qu'on est dépressif je trouve ça un peu curieux. Mieux, j'ai interrogé depuis lors plusieurs de ses collègues de la supérette de Meudon où il travaillait. Hé bien, et sans surprise pour moi, tout au contraire, il était redevenu plutôt jovial et du coup, ils m'ont tous dit qu'ils avaient été éberlués de son suicide. Non, messieurs, Alain Héras ne s'est pas suicidé... on l'a suicidé...* »

Serviano (déjà dubitatif) : « *Il a pu quand même avoir brusquement ou progressivement un coup de blues… la solitude, c'est sournois, ça te travaille intérieurement, presque à ton insu…* »

Langlois : « *J'accepte cette observation, patron, mais bien d'autres trucs ne collent pas dans cette affaire…* »

Serviano : « *Dis nous alors…* »

Langlois : « *D'abord qu'est-ce que c'est que cette histoire de drogue psychotrope pour se mettre en condition afin de se foutre en l'air aux barbituriques. En 15 ans de métier, c'est la première fois que le légiste me sort cette histoire ! c'est du grand n'importe quoi. La personne qui veut vraiment se suicider ne veut pas se louper. Elle ne va pas se mettre préalablement dans un état second au risque de ne plus se souvenir qu'elle doit se suicider…* »

Serviano (pas vraiment convaincu) : « *Dès lors, question toute bête. Qui aurait tué Alain Héras ?* »

Langlois (direct) : « *Michel Delcourt bien sûr ! Pour quel motif ? Récupérer la lettre d'Héras que lui aurait confié en 1986 Annie Corggioni avant de se suicider. Une lettre qui permettait à Delcourt de tenter de faire chanter le frère Jean Héras contre substantielle rançon…* »

Serviano : « *Nous reviendrons sur ce point que je trouve personnellement vaseux. Mais de toute façon, c'est un peu curieux que Delcourt ait mis six mois – entre fin septembre 2018 et début mars 2019 - à se décider à liquider son petit copain. S'il avait voulu récupérer la lettre de la petite Coggioni, pourquoi ne l'a-t-il pas fait plus tôt ?* »

Langlois : « *Déjà, vu qu'ils vivaient en quasi-ménage chez Héras, il a voulu laisser passer un certain temps entre son départ et le fait de passer à l'acte. Vis-à-vis déjà de la police de Meudon qui n'aurait pas manqué de le soupçonner s'il avait continué de vivre en concubinage. D'autre part, suite à la conversation que j'ai eue avec Gervois, il en est ressorti qu'Héras entretenait en grande partie Delcourt. Or rappelez-vous le premier témoignage de l'éditeur, le sieur Bontemps. Celui-ci avait annoncé à Delcourt qu'il envisageait de se passer de ses services. Au plan économique, à l'époque début 2019, ça sentait donc déjà le roussi pour Delcourt... Enfin, il semble évident que cette affaire de chantage était conditionnée par la date d'ouverture des négociations commerciales de Jean Héras aux Etats-Unis. Une période qui a débuté selon la fiche de « Domi » en mars 2019. Une période sensible pour lui, une période qu'aucune anicroche extérieure ne devait polluer. Une période où Héras était donc fragilisé... »*

Serviano : « *Admettons... et la lettre d'adieu de la main du demi-frère Alain Héras... Delcourt l'aurait contraint à l'écrire avant de le supprimer ?* »

Langlois (sûr de son effet) : « *Il ne l'a contraint à rien du tout... au motif que ce n'est pas le suicidé qui a écrit cette lettre...* »

Serviano : « *Tu t'assois sur les conclusions des experts !* »

Langlois (ne relevant pas) : « *Rappelez-vous encore l'autre témoignage de son collègue de la maison d'édition, le dénommé* (regardant furtivement une fiche) *Sylvain Mériaud* ». Qu'est-ce qu'il a dit à propos des talents cachés de Delcourt ? que c'était un génie de la calligraphie, qu'il pouvait imiter, à son gré, toutes les écritures du monde.... en clair, il est évident que c'est Delcourt qui a rédigé la lettre d'adieu d'Héras »

Serviano (un poil sarcastique) : « *Ok, Delcourt l'aurait tué ! Comment a-t-il procédé dans le détail ? et n'oublie pas qu'ils ne se voyaient plus depuis de nombreux mois…* »

Langlois : « *Alain Héras – un grand sentimental et un brave type - était sans doute prêt à l'accueillir de nouveau. A la demande de Delcourt, surjouant à l'époque l'amant ingrat qui aimerait bien se faire pardonner, Héras lui a sans doute donné rendez-vous chez lui. N'oubliez pas que les portables de tous les protagonistes ont disparu et ce n'est pas un hasard. C'est au moment du pot de réconciliation que Delcourt a d'abord versé la substance psychotrope dans le verre de son ex-amant. Une fois dans les vapes, Delcourt a fait boire le cocktail de barbituriques à sa proie. Et une fois bue, il n'y avait plus qu'à attendre l'arrêt cardiaque…* »

Serviano : « *Et tout ce cirque, pour récupérer une lettre fantôme ?* »

Langlois : « *Je vous l'accorde. Ni vous, ni moi ne savons avec certitude si cette lettre existe ou pas. Mais compte-tenu de tout ce que je viens de dire, l'important est ailleurs. De trois choses l'une, soit la lettre existe et Héras l'aurait montré à Delcourt… soit la lettre existe mais Delcourt ne l'a jamais vu, d'où son désir de la récupérer… soit la lettre n'a même jamais existé, Delcourt l'ayant inventé pour pousser son amant à faire chanter le frère friqué. Cette lettre réelle ou fantôme est donc le cœur du réacteur de cette affaire. Car c'est à partir d'elle que beaucoup d'évènements vont avoir lieu par la suite. De toute façon, qu'elle existe ou pas, cette lettre déjà écrite ou réécrite mettait de façon certaine gravement en cause Jean Héras. Elle pouvait donc effectivement servir de monnaie d'échange puisque ce dernier était à l'époque, c'est toujours en cours d'ailleurs, en pourparlers serrés avec des anglo-saxons pour fusionner certaines de ses sociétés avec celles d'hommes d'affaires américains…* »

Serviano : « *Donc, selon toi et pour prolonger ta pensée, Delcourt après avoir tué Alain Héras, aurait tenté de faire chanter le frère Jean Héras, ce qui a terme l'aurait condamné à mort j'imagine par l'entourage « gros bras » du grand patron. D'où d'abord, fin juillet-début août 2019, la disparition de Delcourt. Puis la récupération par la police de son cadavre en janvier 2020 grâce à la truffe d'un labrador !* »

Langlois : « *Pour l'instant, c'est ce que j'ai de mieux…* »

Serviano : « *Naturellement, tu n'as strictement aucune preuve de ce que tu avances. Tu conjectures en somme ?* »

Langlois : « *Patron, reconnaissez que ça se tient… ce n'est pas impossible… on s'occupera des preuves dans un second temps* »

Serviano : « *Sérieusement Max, qu'est-ce que Jean Héras en aurait eu à foutre qu'on le menace à cause de la confession d'une jeune fille qui se serait suicidée à cause de lui, il y a plus de trente ans ! D'autant, et c'est toi-même qui viens de nous le dire, qu'on ne sait même pas si elle existe vraiment cette lettre de la petite Coggioni* »

Langlois : « *Je comprends votre réaction patron mais un) Se faire publiquement traiter de salaud, de pourri, d'homme sans cœur etc… ça peut faire basculer dans le mauvais sens une décision quand les dossiers sont proches, surtout côté anglo-saxon, très à cheval sur ce type d'insultes, plus qu'en France selon moi… deux) Le fait que Jean Héras n'ait jamais lu la lettre a pu le tourmenter. Il est habitué certainement à faire en sorte d'éviter tous les grains de sable qui pourraient faire capoter une affaire… trois) Et surtout, pour un gars comme Jean Héras, Delcourt était une petite chiure de mouche sans envergure. Nettoyer cette « cochonnerie » n'était donc rien pour lui. Il suffisait que ses « gorilles » enquêtent sur l'homme « se permettant » de le faire chanter pour que les abattis de Delcourt soient comptés. Et de vous à moi, patron, si Delcourt a effectivement voulu faire chanter Héras, il était un peu inconscient. Trop gros, trop lourd, bien trop dangereux pour lui ce petit jeu... la preuve d'ailleurs... »*

Serviano, restant silencieux quelques secondes puis se levant lentement de son fauteuil de bureau, en faisant une grimace : « *Et toi, Domi, qu'en penses-tu ?* »

Ferruci, se levant également de sa chaise : « *Max m'avait déjà raconté son scenario. Ça se tient, c'est sûr. Mais prouver 1) que Delcourt a bien tué Alain Héras, 2) qu'il a récupéré une lettre baladeuse compromettante pour Jean Héras, mais que personne n'a jamais vu 3) qu'il a tenté de faire chanter ce dernier 4) que les hommes de main d'Heras ont fait disparaître Delcourt... hé bien, moi je dis qu'on n'est pas rendu et qu'il va nous falloir une sacrée truffe... alors qu'on est loin d'être des labradors... je m'en serai aperçu quand même... »*

Langlois (un peu agacé) : « *On n'est peut-être pas des labradors, mais on a des cerveaux pour réfléchir. Si vous me donnez carte blanche, patron, j'ai des idées pour continuer l'enquête...* ».

14) Quelle suite ?

Après cette réunion majeure du 6 mai 2020 dans le bureau du commissaire Serviano, il n'y avait pas cinquante solutions. Ou le commissaire admettait que la théorie de l'inspecteur Langlois se tenait et méritait d'être explorée ou il considérait que c'était vraiment trop tiré par les cheveux. Il trancha. *« ok, Max, puisque tu l'assures, essaye de trouver quelque chose qui va dans le sens de ton scenario. Tu comprends qu'il me faut des billes pour Granger. Pour l'instant, avec toutes tes suppositions, sans la moindre preuve, je pense qu'on serait recalé, d'autant que le sieur Héras – le survivant – est forcément un gros morceau qui doit même avoir des appuis politiques un peu partout… ».*

L'inspecteur Langlois remercia son patron et détailla alors ce à quoi il pensait pour la suite. Trois façons de faire s'offraient à lui mais après réflexions, il fallait en écarter deux sur trois. Ainsi, la première d'entre elles aurait consisté à interroger directement Jean Héras pour savoir s'il avait bien fait l'objet ces derniers mois d'un éventuel chantage et espéré qu'il soit décontenancé. Une façon de faire à bannir car si cela avait été le cas et qu'il avait fait le nécessaire pour faire taire son maître chanteur, ce n'est certainement pas lui qui aurait mis la police sur la trace de ses « hommes de main ».

La seconde méthode envisagée s'annonçait également problématique. Se débrouiller, sous des motifs éventuellement fallacieux, pour reconstituer l'emploi du temps des « gorilles » de Jean Héras entre mars et août 2019. L'idée n'était pas à proprement parler stupide mais là encore, si l'un d'entre eux ou les deux étaient interrogés directement par la police, cela permettrait à Héras de comprendre ou voulait en venir celle-ci. Le temps de la convocation ou du rendez-vous serait mis à profit par l'instance interne gérant l'emploi du temps des « hommes de main » d'Héras pour que tout ce petit monde accorde ses violons. Restait donc une troisième façon de faire consistant à travailler dans le dos d'Héras pour justement éviter qu'il y ait trop de concertations en amont entre lui et ses équipes. Cette méthode s'annonçait laborieuse et non garantie d'un quelconque succès mais c'était la seule qui restait à la police pour élucider cette affaire.

Comme déjà dit plus avant, dès lors que Delcourt « aurait » fait chanter Jean Héras entre la date de son supposé crime sur Alain Héras, début mars 2019 et la date de sa propre disparition fin juillet début août 2019, les « hommes de main » du grand patron avaient forcément cherché à savoir qui avait fréquenté Alain Héras avant son suicide. Par ailleurs, le suicide d'Annie Coggioni avait dû faire du bruit à l'époque et cela avait forcément marqué un peu Jean Héras. Donc, si une lettre compromettante pour lui se trouvait désormais entre les mains d'un maître chanteur qui n'était pas son demi-frère, c'est que quelqu'un la lui avait dérobée avant ou après son suicide. Pour les hommes de main de Jean Héras, c'était donc ce voleur maître chanteur qu'il fallait débusquer avant de l'éliminer. Pour l'inspecteur Langlois, la suite lui semblait logique sinon tortueuse car toute cette histoire commençait un peu à dater. Il fallait donc tenter de repérer tous ceux ayant cherché à savoir quelles étaient les dernières fréquentations d'Alain Héras et notamment son ou ses derniers « petits amis » homme(s) puisqu'il était de notoriété publique qu'il était homosexuel.

15) Sur la piste de…

L'inspecteur Langlois ayant obtenu du commissaire Serviano que Ferruci soit de nouveau détaché pour faire ce travail de fourmi, les deux policiers se partagèrent le travail. À Ferruci, l'interrogation des commerçants, à Langlois, celle des proches d'Alain Héras, du temps naturellement de son vivant. Mais le commissaire Serviano avait malgré tout fixé une limite. Après la mi-juin 2020, on passerait tous les éléments du dossier au juge d'instruction, à charge pour ce dernier de statuer une première fois sur cette affaire du genre : « stop ou encore ».

Concernant l'enquête de voisinage à proximité de l'immeuble où habitait Alain Héras, l'inspecteur Ferruci commença par interroger des commerçants vendant leurs produits sur un marché local. Après avoir décliné son identité et son statut de policier, la question initiale posée était toujours la même *« Vous voyez cette photo ? »* (montrant celle d'Alain Héras) : *« Est-ce qu'une ou des personnes sont venues vous voir il y a un peu moins d'un an pour savoir si l'homme de la photo faisait dans le passé son marché en compagnie d'un autre homme ? »*.

Une question un peu alambiquée qui ne fit naturellement pas recette. Il tomba systématiquement sur la même réponse, déclinée selon diverses variantes. *« Vous plaisantez j'espère. Le gars que vous me montrez, oui, je me souviens de lui, mais cela fait un bon moment qu'on ne le voit plus ici. Quant à savoir si depuis lors un étranger m'a posé des questions à son sujet et à celui d'un tiers, je vous réponds non tout de suite. En tout cas, cela ne me dit rien. Parlez-en aux autres étals… »*. Après avoir constaté que l'ensemble du marché se trouvait sur la même longueur d'ondes que le premier commerçant interrogé, l'inspecteur Ferruci ne se découragea pas. Il s'adressa ensuite à des commerçants lambdas exerçant leur métier dans un périmètre raisonnable autour de l'immeuble d'Héras. Les réponses furent également négatives… sauf en une seule circonstance, après qu'il soit entré dans un bar-tabac et qu'il eut interrogé le patron de l'établissement avec un certain succès…

Ferruci (enchaînant) : « *Bonne nouvelle, ma demande vous dit donc quelque chose ! Quelqu'un s'est bien renseigné auprès de vous il y a quelques mois pour savoir si monsieur Héras avait un copain ? Que lui avez-vous répondu à ce sujet ?* »

Le buraliste : « *Ben, de mémoire, pas grand-chose car effectivement, j'avais vu monsieur Héras quelquefois dans le passé en compagnie d'un autre homme, mais c'était plutôt rare et en tout cas je ne connaissais pas le nom de ce dernier… je n'ai donc pas pu renseigner celui qui me posait cette question* »

Ferruci : « *En faisant un grand effort de mémoire, vous pourriez me décrire l'homme qui se renseignait sur l'ami de monsieur Héras* »

Le buraliste (ouvrant les yeux et sifflant) : « *Oh là là, vous me demandez de ces trucs vous ! voyons voir…* (faisant un effort désespéré pour ne pas décevoir son interlocuteur)… *attendez, attendez, ça me revient par petits bouts… oui, oui, je m'en souviens un petit peu maintenant. C'était un gars curieux d'ailleurs. Il était grand et costaud mais il semblait vieux. Il avait une barbe broussailleuse qui lui mangeait le visage…* »

Ferruci (un peu excité) : « *Avait-il un accent étranger ?* »

Le buraliste (se souvenant maintenant de quelque chose) : « *oui… oui… oui… c'était pas un français ce gars-là. On aurait dit un gars de l'est…* »

Ferruci (les yeux toujours brillants) : « *du style polonais par exemple ?* »

Le buraliste : « *ouais, c'est très possible. Cela dit, je ne suis pas un spécialiste ni du polonais ni des autres langues étrangères d'ailleurs* »

Ferruci (tapotant l'épaule du buraliste) : « *monsieur, je vous remercie de ce témoignage. Vous ne prenez pas votre retraite pour l'instant ?* »

Le buraliste (surpris de la question) : « *Non… pourquoi vous me dites ça…* »

Ferruci (l'air plus tranquille) : « *Parce que votre témoignage intéresse la police et que peut-être, je dis bien peut-être, referons-nous appel à vous à ce sujet. Au revoir monsieur et bonne journée…* ».

Parallèlement à l'enquête locale de l'inspecteur Ferruci, son collègue l'inspecteur Langlois avait lui-même fait sa part de travail. Celle-ci consistait pareillement à interroger les proches d'Alain Héras pour savoir si eux-mêmes avaient été contactés par une personne inconnue se renseignant sur le ou les proche(s) de monsieur Héras du temps de son vivant ?

De « proches » de ce dernier, et vu qu'en dehors de son demi-frère Jean, il n'avait ni parents ni enfants, l'inspecteur Langlois n'en connaissait que trois sortes : un) sa compagne des soirées nocturnes : madame Gervois deux) ses collègues de travail à la supérette locale trois) la voisine du dessous, madame Lambert, qui l'aidait semble-t-il dans son quotidien. Il interrogea tout ce petit monde dans l'ordre. Concernant madame Gervois, Langlois s'en tint au téléphone et ce fut vite réglé. Après les salutations initiales, la conversation suivante résuma bien l'échange : « *Avez-vous été approchée par une ou des personnes cherchant à connaître après la mort d'Alain Héras, le nom de son dernier petit ami ?* »

Madame Gérvois : « *Non, pas particulièrement. Non, vraiment désolé inspecteur…* »

Concernant les collègues de travail d'Héras, le même type de réponse fut apporté. Non décidément personne n'était venu les voir pour discuter de sa vie privée. De toute façon, ils n'auraient pas pu dire grand-chose, tant Héras séparait bien son activité professionnelle de sa vie privée. Certains de ses collègues ne savaient d'ailleurs même pas qu'il était homosexuel. Restait donc la voisine du dessous, l'amie de palier, la dénommée Eliane Lambert. Après que l'inspecteur Langlois eut frappé à sa porte, une femme sans âge, au physique morne, habillée simplement, lui ouvrit. Les présentations faites, et notamment après la déclinaison de son identité de policier, une discussion, cette fois-ci constructive eut bien lieu.

Langlois : « *Alors, madame Lambert, vous me dites qu'effectivement quelqu'un est bien venu chez vous pour vous demander des renseignements à propos de votre voisin du dessus monsieur Héras. Vous vous souvenez quand ?* »

Madame Lambert : « *c'était début juillet 2019 je crois. Il faisait chaud d'ailleurs ce jour-là. Monsieur Héras était déjà décédé depuis quelques mois…* »

Langlois : « *Comment a -t-il justifié sa présence devant vous ?* »

Madame Lambert : « *C'est simple, il m'a dit qu'il était agent d'assurances, que monsieur Héras avait souscrit il y a un an un petit contrat d'assurance-vie au profit d'un tiers non identifié ! Car malheureusement, leur agence avait été récemment piratée par des… il m'a dit un nom, mais je n'ai rien compris. Et que donc pour des raisons de simple respect du contrat signé, sa compagnie cherchait à savoir quel était le nom de l'heureux élu. Tout en me précisant tout de même que cela ne ferait pas des cent et des mille au final…* »

Langlois : « *Et alors, que lui avez-vous répondu ?* »

Madame Lambert : « *Je lui ai d'abord donné le nom de la copine de monsieur Héras – madame Aline Gervois - une personne très serviable qui m'a aidée pour organiser les obsèques de ce pauvre monsieur Héras, quelqu'un lui aussi de très gentil vous savez, mais cet assureur a insisté… et m'a dit une phrase du genre* « *malheureusement, à l'agence, nous ne nous souvenons pas du nom du bénéficiaire mais par contre, nous sommes sûrs que c'était un homme…* » »

Langlois (s'impatientant) : « *Et alors madame Lambert, qu'avez-vous répondue à ce moment-là…* »

Madame Lambert : « *Je lui ai dit ce que je pouvais, que monsieur Héras avait bien été en concubinage avec un homme l'année précédente mais que ça m'étonnerait que ce soit lui car cela faisait déjà un bon bout de temps qu'ils ne vivaient plus ensemble, même du temps de son vivant…* »

Langlois, connaissant pourtant déjà la réponse : « *Et alors que vous a dit votre assureur ?* »

Madame Lambert : « *Il m'a dit : Donnez-moi toujours son nom, on verra bien si ça nous dit quelque chose. Je lui ai alors répondu qu'il s'appelait Michel Delcourt* »

Langlois : « *Et que vous a dit votre agent d'assurances à propos de ce nom ?* »

Madame Lambert : « *Que celui-ci effectivement ne lui disait rien et que ce n'était très probablement pas lui qui était le bénéficiaire du contrat, mais qu'il vérifierait quand même…* »

Langlois : « *Je vous remercie de votre témoignage, madame Lambert. Pour compléter notre dossier, pouvez-vous me décrire comment cet assureur s'est présenté ?* »

Madame Lambert : « *c'est-à-dire ?* »

Langlois : « *Etait-il grand ou petit ? brun ou blond ?… vous voyez ce genre d'infos…* »

Madame Lambert : « *Ah, ça… attendez… oui il était grand et très costaud… ses cheveux et sourcils étaient broussailleux… il avait aussi une barbe mais plutôt mal entretenue…* »

Langlois : « *Jeune, vieux ?* »

Madame Lambert : « *Difficile de répondre à ça… il avait l'air plutôt vieux… mais curieusement ses yeux étaient assez vifs…* »

Langlois : « *Quelle couleur, les yeux ?* »

Madame Lambert : « *Franchement, je ne me souviens plus. Si je ne les ai pas remarqués, c'est qu'ils devaient être marrons…* »

Langlois : « *Avec le recul du temps, pensez-vous que cet homme s'était déguisé ?* »

Madame Lambert (bien embêtée) : « *Je ne sais pas trop quoi vous dire… pourquoi aurait-il fait ça… peut-être après tout…* »

Langlois : « *Parlait-il avec un accent particulier ?* »

Madame Lambert : « *Ouiii… ça c'est vrai, vous m'y faites penser… il avait un drôle d'accent, même que je me suis dit : Tiens, c'est curieux, ils embauchent des étrangers dans cette compagnie d'assurances…* »

Langlois : « *À ce propos, il vous a donné le nom de la compagnie d'assurances qu'il représentait…* »

Madame Lambert : « *Non, pas particulièrement… vous savez, je ne suis pas très curieuse…* »

Langlois : « *Bien, madame Lambert, je vous remercie…. un dernier mot cependant… si la police vous demandait de nous aider à faire un portrait-robot de l'homme qui vous a interrogé, pensez-vous pouvoir y arriver ? Vous verrez, ce n'est pas bien difficile. On vous pose des questions. Vous y répondez du mieux que vous pouvez et pendant ce temps-là un dessinateur professionnel tente de retraduire au crayon vos souvenirs* »

Madame Lambert soudain inquiète : « *Vous pensez alors que ce n'était pas un vrai assureur ?* »

Langlois « *Je n'en suis pas certain madame. C'était probablement une personne qui cherchait à identifier tout bêtement monsieur Delcourt* ».

Madame Lambert : « *Mon dieu, j'espère n'avoir commis aucune bêtise… comment vouliez-vous que je me doute que cela pouvait être quelqu'un de malintentionné ?* »

Langlois (rassurant) : « *Pas de soucis, madame Lambert, vraiment pas de soucis… j'ai dit « probablement » et rien ne dit que cet homme était si malintentionné que cela… mais je dois vous quitter pour l'instant…   on vous fixera un rendez-vous un peu plus tard pour cette histoire de portrait-robot… on vous téléphonera d'ailleurs… tout se passera bien, vous verrez* »

Sur ce, l'inspecteur Langlois quitta l'immeuble, pensant en son for intérieur « *allons, ça avance un tout petit peu… on commence à avoir quelques billes* ».

16) Stop ou encore…

Ce fut le mardi 16 juin 2020 que le commissaire Serviano flanqué de ses deux inspecteurs se rendit à Paris, rue Bellemain, chez le juge d'instruction Albin Granger pour faire un point d'étape sur l'affaire Delcourt. Un rendez-vous incontournable qui pouvait s'avérer fatal pour l'enquête en cours si les éléments apportés par la police de Saint-Germain ne se montraient pas assez convaincants. Physiquement, ce magistrat avait une drôle de tête, assez ronde, les yeux fréquemment en mouvement. Il était de petite taille, tiré à quatre épingles, et parlait d'une voix saccadée plutôt haut perchée qui ne le rendait pas forcément sympathique au premier abord. Cela dit, quand il prenait la parole, il se montrait clair et direct. En réalité, c'était un excellent professionnel et personne ne pouvait vraiment l'embobiner. Le commissaire Seviano le savait. C'est pourquoi ce fut lui qui s'exprima le plus souvent dans ce rendez-vous. Il reprit naturellement la thèse soutenue par l'inspecteur Langlois.

Cette affaire commençait donc par une lettre soi-disant écrite par une dénommée Annie Coggioni après qu'un futur homme d'affaires important – Jean Héras – l'eut mis enceinte quand il était encore étudiant et qu'elle n'avait que 19 ans. Une lettre où elle annonçait qu'elle allait se suicider elle et son enfant après que son jeune amant l'eut brutalement quittée. Une lettre le dénonçant clairement comme étant un monstre d'égoïsme ne prenant pas ses responsabilités de futur père. La lettre ayant été récupérée initialement par le demi-frère de Jean Héras – Alain – devenu à l'époque le confident de Coggioni, son ex-ami « de cœur » - Michel Delcourt - n'aurait pas hésité à le tuer pour récupérer celle-ci afin de faire chanter ultérieurement Jean Héras. Après avoir été probablement menacé de chantage, ce dernier, alors en pleines négociations internationales tendues, se serait résolu à retrouver directement via probablement son ou ses deux hommes de main, le possesseur de cette lettre compromettante pour interrompre naturellement ce chantage. Après qu'il eut été identifié, Delcourt aurait alors été assassiné chez lui fin juillet ou début août 2019 puis enterré dans la forêt de Saint-Germain, là où la police l'a retrouvé fortuitement en janvier 2020.

Le juge Granger (laconique) : « *Vos preuves ?* »

Serviano : « *Nous avons identifié deux témoins directs qui se rappellent avoir été interrogés après le suicide d'Alain Héras par une* personne parlant avec un accent slave leur demandant s'ils connaissaient le petit ami ou l'ex petit ami du suicidé. Nous allons leur demander bientôt de nous dresser le portrait-robot de cette personne ».

Granger : « c'est tout ? »

Serviano : « L'un des hommes de main d'Héras est Polonais, monsieur le juge ».

Granger : « Ne vous faites pas trop d'illusions monsieur le commissaire. Je ne connais pas personnellement ce Jean Héras, mais croyez-vous qu'il aurait envoyé un homme à l'accent bien défini risquant de se faire identifier pour poser des questions à droite et à gauche à Meudon ou ailleurs ? »

Serviano : « S'il ne voulait pas payer indéfiniment, la seule solution pour Héras était d'identifier rapidement son maître chanteur afin de l'éliminer… »

Granger : « Oui mais qui vous dit que la personne qui a interrogé vos témoins ne s'est pas inventé un accent pour égarer la police ? »

Serviano : « Personne en effet, mais dans cette affaire il y a déjà eu deux crimes, celui probable d'Alain Héras puis celui certain de Michel Delcourt. Cela vaut la peine quand même de continuer à chercher le ou les coupables ? »

Granger : « Je vous l'accorde. Mais à propos du suicide, êtes-vous sur cependant qu'Alain Héras a bien été tué par Delcourt. Dans le pré rapport de la police de Meudon que j'ai lu il y a quelques semaines, il était bien fait état d'un suicide d'Alain Héras. Vous avez donc réussi à démontrer qu'il ne s'était pas suicidé ? »

Langlois (prenant la parole pour la première fois) : « *Delcourt était un mytho qui s'inventait en permanence des projets qui ne se concrétisaient jamais. Il était sur le point de se faire virer de son travail et n'avait plus le sou. Or il avait rompu depuis environ six mois avec celui qui l'avait entretenu durant pas mal de temps. Par ailleurs, il savait qu'Alain Héras possédait à priori une lettre compromettante contre son frère Jean. Il fallait donc la récupérer.* (Prenant alors des libertés avec la vérité) *La voisine d'Héras m'a dit que Delcourt possédait, à l'époque de leur liaison, les clés de l'appartement d'Alain Héras. Il pouvait donc entrer et sortir sans encombre chez ce dernier. Après l'avoir d'abord drogué, il lui a fait boire un barbiturique mortel. Par ailleurs, j'ai obtenu grâce à l'aide de son employeur des exemples d'imitation d'écriture de ses collègues de bureau. C'était frappant comme il savait les reproduire. Donc, des preuves directes, non…. mais des faisceaux de présomptions de culpabilité, on en a quand même un peu…* »

Granger : « *Cette fameuse lettre d'Annie Coggioni, comment connaissez-vous son existence ?* »

Langlois : « *Par un témoignage direct. Alain Héras à l'époque où il est sorti avec Delcourt, fréquentait en tout bien tout honneur une femme s'appelant Aline Gervois. Ces trois-là assez seuls dans la vie, formaient dirions-nous une espèce de trio, qui le temps d'une soirée au club gay de Meudon, oubliait justement leur quotidien. En septembre 2018, elle était présente quand Alain Héras a imaginé que la lettre qu'il conservait d'Annie Coggioni pourrait peut-être pousser son frère Jean à l'acheter contre monnaie sonnante et trébuchante. Mais après que cette idée initiale eut été lancée, plus personne n'en a parlé, du moins, selon la version d'Aline Gervois…* »

Granger : « *Que comptez vous faire à partir de maintenant ?* »

Serviano (reprenant la parole) : « *Au stade où on est, il nous faut désormais interroger Jean Héras. Delcourt et Alain Héras sont déjà morts. Si on n'interroge pas celui que l'on a probablement fait chanter, l'enquête s'arrête obligatoirement.... nous avons donc besoin que l'enquête préliminaire se continue encore quelque temps...* »

Granger : « *Continuer l'enquête, ce ne sera pas un problème mais j'avoue ma perplexité. Si Héras nie qu'on l'a fait chanter – et il niera soyez-en sûr – que ferez -vous ?* »

Langlois (reprenant la parole) : « *Avec l'assentiment de monsieur Serviano, j'ai déjà en tête une série d'actions qui devrait le faire plier. Vous savez il n'est pas dans une situation si confortable que cela. Mentir à la police l'exposerait à d'éventuelles poursuites judiciaires ultérieures. Au contraire, se présenter comme une victime d'un vil chantage le préserverait des poursuites évoquées mais nous permettra d'en savoir plus sur cette affaire et surtout sur la façon dont justement il aurait été victime d'un chantage...* »

Granger (d'un ton laconique) : *Très bien, messieurs. Votre enquête peut se poursuivre encore six mois. J'espère que d'ici là, des éléments probants seront sur ma table... on se revoit de toute façon en fin d'année* ».

17) L'interrogatoire qui ne disait pas son nom

Etant donné les circonstances et l'emploi du temps par définition chargé de Jean Héras, la police de Saint-Germain, en l'occurrence Maxime Langlois, coupa la poire en deux. Il n'avait vraiment pas envie de prendre rendez-vous dans un bureau luxueux d'Héras situé au 15ème étage d'un « gratte ciel » de la capitale, là où il jouerait trop en terrain adverse. Mais il était quand même délicat de faire venir une telle personnalité dans les locaux assez modestes de la police de Saint-Germain. Rappelons qu'à ce stade de l'enquête, ce grand patron était considéré officiellement comme une possible victime plutôt que comme un coupable avéré. On lui proposa dès lors qu'une réunion informelle se tienne le vendredi 26 juin 2020 dans le bureau de l'un de ses avocats, maître Pierre Genè, rue Hédon dans le XVIème arrondissement de Paris. On avait bien précisé par téléphone au chef d'entreprise que la présence de son avocat serait en outre purement factuelle et que s'il désirait un autre lieu de rendez-vous, la police ne s'y opposerait certainement pas. Ce dernier argument sembla satisfaire monsieur Héras qui raccrocha en disant : *« Très bien, messieurs, rendez-vous chez maître Genès le 26 juin prochain à 15 heures pour parler d'un dossier qui a l'air de bien vous mobiliser et dans lequel j'ai moi aussi des choses à dire… »*.

De fait, le jour J, les deux inspecteurs de Saint-Germain, monsieur Héras et son avocat se rencontrèrent chez ce dernier pour évoquer une affaire qui – semblait-il – pouvait concerner à la marge le chef d'entreprise. Ce dernier arriva dans une luxueuse limousine noire.

L'homme qui en sortit par l'arrière était d'assez grande taille, les tempes argentées, l'œil bleu vif, la silhouette encore assez acceptable bien qu'entamée par l'âge venant et les repas d'affaires. L'hôte qui réceptionna Héras et les policiers – maître Genès – était loin de supporter la comparaison. Il avait le visage rougeaud, le cheveu rare, les jambes trop courtes, la silhouette arrondie… Durant tout le temps que dura cette entrevue, seul monsieur Langlois parla pour le compte de la police. Après les salutations d'entrées et les présentations de chacun, le dialogue suivant s'ensuivit :

Langlois : « *Monsieur Héras, si nous sommes réunis aujourd'hui dans ce beau salon de maître Genès, c'est que nous travaillons actuellement sur un homicide et demi ayant eu lieu à Meudon l'année dernière. Je précise mon propos. Il s'agit d'abord du meurtre avéré à l'été 2019 d'une personne s'appelant Michel Delcourt et du meurtre assez probable mais encore non certain de votre demi-frère, monsieur Alain Héras, qui aurait eu lieu début mars 2019…* »

Héras (soulevant ses sourcils) : « *Je croyais que la police locale avait conclu au suicide d'Alain ?* »

Langlois : « *Nous n'y croyons pas mais tant que nous n'avons pas prouvé le contraire, la thèse officielle du suicide reste la bonne* »

Maître Genès (mécontent à priori de cette réunion et voulant déjà le faire savoir) : « *Pourquoi monsieur Héras fait-il l'objet ce jour d'un interrogatoire de la police ?* »

Langlois (souriant) : « *Ne vous énervez pas, maître, pour l'instant il n'y a aucun interrogatoire. Il s'agit juste d'une simple discussion afin que justement la police puisse mieux comprendre certaines choses* »

Héras (arrangeant et faisant un signe d'apaisement à son avocat) : « *Je vous écoute inspecteur* »

Langlois (sérieux cette fois-ci) : « *Je vais être direct monsieur Héras. Avez-vous subi l'année dernière, à l'été 2019, une tentative de chantage et si oui, de quelle nature ?* »

Héras (hésitant deux à trois longues secondes) : « *…Monsieur l'inspecteur, j'ai beaucoup réfléchi à cette question. J'ai longtemps pensé qu'il valait mieux que je me taise car ce n'est jamais bon pour les affaires de rendre public ce genre de pression. Mais finalement, en pesant le pour et le contre et après avoir justement consulté mes avocats, j'avoue effectivement que l'année dernière, fin juin, j'ai été informé, d'une façon originale d'ailleurs, qu'il fallait que je m'acquitte d'une rançon de dix millions d'euros pour obtenir le silence d'un maître chanteur* ».

Langlois (perplexe) : « *D'une façon originale ! Que voulez-vous dire ?* »

Héras : « *Oh, c'est simple, les deux personnes chargées de ma sécurité personnelle – Messieurs Kowalski et Verhoeven – ont reçu exactement la même lettre le même jour le 28 juin 2019 précisément. Un long courrier écrit avec des lettres découpées dans des magazines ou des journaux divers, donc non identifiable. Un courrier que j'ai d'ailleurs amené aujourd'hui et que vous pouvez, si vous le souhaitez naturellement, lire à haute voix* ».

Langlois, un peu surpris quand même par cet aveu direct saisit le document et en fit donc lecture générale : « Monsieur Héras. Votre frère Alain possédait depuis 1986 une lettre très compromettante, rédigée par l'une de vos conquêtes d'antan : mademoiselle Annie Coggioni.

Celle-ci, alors enceinte de vous s'est suicidée début mars 1986 pour avoir été quittée sans ménagement. Je possède désormais cette lettre et si vous ne me réglez pas une somme de dix millions d'euros, à verser selon certaines modalités à préciser ultérieurement, je communiquerais cette lettre aux journaux alors que je sais que vous êtes en négociation à l'étranger pour agrandir votre empire. La lettre vous décrit assez précisément et vous présente comme un personnage odieux. Selon moi, transmettre une telle lettre à la presse vous disqualifierait de façon irrémédiable dans les négociations que vous êtes en train de mener... et même sur les prochaines. En revanche, si vous acceptez d'en savoir plus, faites-le-moi savoir de la façon suivante : À compter de demain et durant une seule semaine devront être accrochés sur chacun des rétroviseurs intérieurs des véhicules de fonction de vos gardes du corps – Mrs Kowalski et Verhoeven (vous voyez, je sais tout) – un petit drapeau ou insigne évoquant l'union européenne. Si cette première étape devait être franchie, je transmettrais alors par retour de courrier à vos hommes de main une recopie simple de la lettre de mademoiselle Coggioni. Si, à la lecture de ce texte, vous décidiez de ne rien faire, copie de son original serait envoyée à la presse française, **à compter du 31 juillet 2019,** date butoir de notre transaction. Si au contraire, vous acceptiez de verser la rançon, faites-le-moi savoir en demandant à vos gardes du corps de retirer de leurs rétroviseurs leur fanion européen. Dans cette hypothèse, je vous transmettrai copie de la lettre d'Annie Coggioni et vous communiquerai la façon dont je souhaite être payé, la procédure retenue étant naturellement discrète. Signé monsieur Mendoza.

PS : Naturellement, une fois que le compte sur lequel devra être versé cette rançon sera crédité de la somme demandée, je vous communiquerai l'original de la lette de mademoiselle Coggioni »

Langlois (reposant la lettre sur la petite table centrale) : « *Et alors, monsieur Héras, qu'avez-vous fait et quand ?* ».

Héras, en faisant une petite moue : « *Que vouliez-vous que je fasse ? C'était bien ficelé son approche. J'étais sorti avec la petite Coggioni, c'est exact. J'étais jeune. C'était une simple amourette pour moi. La plupart du temps je prenais des préservatifs. Mais c'est vrai qu'en une ou deux circonstances, je l'ai prise sans précaution particulière. Visiblement une grosse faute de ma part. Quand elle a appris sa grossesse, elle me l'a dit et je lui ai demandé immédiatement de se faire avorter. Elle était catholique, ultra croyante, et a refusé je m'en souviens de façon véhémente. Elle voulait naturellement que je l'épouse mais à cette époque j'avais bien d'autres projets en tête. Je me rappelle lui avoir dit un truc du genre : « Ecoute moi, j'ai 21 ans, mes études à terminer et une carrière à bâtir. Ce n'est pas l'heure pour moi ni d'être père, ni d'être marié. Fais-toi avorter – la loi Veil était déjà en vigueur - et qu'on n'en parle plus… »*

Langlois sobrement : « *Que s'est-il passé ensuite ? je parle du racket ?* »

Héras d'un ton morne d'abord puis de plus en plus affirmé : « *Là-dessus aussi, j'ai longtemps réfléchi… Bien que le sujet était délicat, j'ai demandé à mes deux hommes de proximité – ceux qui avaient réceptionné la demande de rançon - et à Maître Genès ici présent ce qu'ils en pensaient. Messieurs Kowalski et Verhoeven m'ont dit, en termes plus imagés d'ailleurs, que ce n'était pas leur affaire, ce qui d'ailleurs était tout à fait exact. Maître Genès n'était pas très chaud et voulait qu'on prévienne la police... (après un temps de pause)... ce n'est pas la décision que j'ai finalement prise. En résumé, j'ai accepté de faire une certaine transaction avec mes adversaires du jour pour les raisons suivantes : J'étais à l'époque effectivement en pleine négociation de l'autre côté de l'Atlantique sur un méga dossier industriel très complexe, à enjeux financiers considérables. Si J'avais prévenu la police, forcément à un moment donné, cette affaire de racket aurait fuité en France, puis à l'étranger... d'autre part, si je ne réagissais pas, j'étais en plein brouillard. Qu'est-ce qu'il pouvait bien y avoir dans cette fichue lettre qui me mettrait à un moment donné en position fâcheuse vis-à-vis de ceux – des gens féroces je vous l'assure - qui sont en concurrence directe avec moi sur l'affaire précitée. J'ai donc procédé à ma façon... »*

Langlois (surpris) : « *Que voulez-vous dire ?... vous avez versé la rançon ou pas ?... »*

Héras : « *En fait, je n'ai pas payé cette rançon... mais je me suis mis en capacité de le faire partiellement de façon instantanée sans éveiller les soupçons d'une quelconque autorité... »*

Langlois (en pleine perplexité) : « *Je ne comprends pas très bien. Vous pouvez être plus explicite ?... »*

Héras : « *J'ai d'abord demandé à mes hommes de sécurité de retirer de leurs rétroviseurs intérieurs le petit fanion européen.... signe pour mon maître chanteur que j'acceptais la transaction... »*

Langlois : « *Que s'est-il passé ensuite ? »*

Héras : « *une petite semaine après, le 4 juillet 2019 précisément, seul Kowalski a reçu chez lui une enveloppe, à l'intérieur de laquelle il y avait trois documents séparés, que j'ai également apportés pour que vous puissiez vous rendre compte de la situation. Le premier document était une recopie toujours en lettres d'imprimerie de la soi-disant lettre originelle d'Annie Coggioni. Le second document était une photo de cette lettre prouvant son existence. Le troisième document précisait les modalités que je devais suivre pour payer la rançon »*

Langlois (intéressé) : « *Montrez-moi tout ça…* » Après avoir lu en diagonale l'ensemble des documents, il fit lecture du tout aux autres personnes présentes. Il commença par la longue lettre recopiée d'Annie Coggioni, le principal combustible de cette affaire :

« Mon cher Alain, quand tu liras cette lettre, moi et mon enfant ne serons plus de ce monde. Je sais que tu vas être très déçu de ma décision et que tous tes efforts, depuis que Jeau m'a quitté, pour me redonner goût à la vie n'auront finalement servi à rien. Que la vie est donc mal faite. Des deux Héras, c'est le méchant qui m'a attiré, c'est le gentil que j'abandonne à mon tour. Je t'assure pourtant que j'ai lutté contre moi-même, contre mes démons intérieurs, contre l'injustice de cette situation. Mais aujourd'hui, je suis sans force, je n'ai plus goût à rien, je ferai donc une mauvaise maman… je n'en veux même pas à Jean. Il m'a quittée presque avec désinvolture. Ça m'a anéantie mais je lui suis gré de m'avoir montré quel genre d'homme il était. Un homme qui m'aurait rendue de toute façon très malheureuse tant il s'est montré il y a quelques semaines sous son vrai visage, celui d'un être sans cœur et sans valeur, d'un monstre en vrai. Je te laisse mon cher Alain. Et ne sois pas trop triste. Je suis finalement heureuse de quitter ce monde cruel des vivants.

Car je sais que je vais retrouver la sainte Vierge, me blottir contre elle et vivre enfin apaisée. Adieu Alain, mon seul ami… Annie

Langlois (sombre et reposant la lettre) : « *Monsieur Héras, déjà avez-vous quelque chose à dire au sujet de cette lettre ? Vous semble-t-elle correspondre aux états d'âme de cette jeune fille quand vous la fréquentiez encore ?* »

Héras (également sombre) : « *Je n'ai pas à répondre à cette question. Comme je l'ai déjà dit. J'étais jeune et sans le sou. J'avais une carrière à préparer. Mon seul regret, c'est l'enfant naturellement. Quant à Annie Coggioni, en se suicidant, elle a semble-t-il réglé un dilemme personnel. Des milliers de jeunes filles auraient fait un choix différent. Je suis tombé sur une quasi-sainte. Laissons là dormir près de la Vierge Marie. Elle a surement moins d'emm… que moi en ce moment…* »

Langlois : « *Bien … voyons la suite… il y a d'abord une photo de la lettre que nous venons de lire… enfin une pièce fait état des modalités pour payer la rançon et notamment le n° de compte destinataire du ou des maitres-chanteurs, ouvert au nom de monsieur et madame Mendoza dans l'International Bank of the Bahamas. Il y a également d'après ce que je vois vos annotations personnelles. Si je vous lis bien, vous avez procédé le 20 juillet 2019 à trois virements d'un million d'euros chacun. Ces virements ont été faits à partir de trois comptes « offshore » vous appartenant dans une banque immatriculée au Panamà cette fois-ci. La destination étant un compte ouvert spécialement pour cette opération et à votre seul nom dans l'International Bank of the Bahamas, la même banque que celle de ce couple Mendoza…*

Question monsieur Héras : Quelle est la raison de l'ouverture d'un compte personnel dans la banque de vos maîtres chanteurs ? »

Héras : « *D'abord précisons que si j'ai alimenté ce nouveau compte par trois virements d'un million d'euros chacun, c'est uniquement pour des raisons techniques et réglementaires. Ce fractionnement n'a pas d'autres raisons que cela...* »

Langlois (perplexe) : « *Bien... revenons à l'essentiel... pourquoi avez-vous ouvert ce compte et pourquoi l'avoir alimenté de trois millions alors que la rançon demandée était de dix millions d'euros ?... »*

Héras (d'un ton neutre, en habitué des négociations) : « *Ca se voit que vous n'êtes pas un homme d'affaires. Dans mon milieu, les choses ne sont jamais ni noires, ni blanches... elles sont, en permanence, grises... voyez-vous, monsieur, quand des personnes veulent vous faire chanter, ce n'est jamais en règle générale du tout ou rien. C'est très souvent du « asseyons-nous et discutons... ». En clair, je savais que passée la date du 31 juillet 2019, mes « maitres-chanteurs » n'enverraient rien à la presse. Ce n'était vraiment pas leur intérêt. Me salir personnellement, ils s'en moquaient très probablement. Compte tenu de la mentalité d'une partie importante du genre humain, ils m'auraient fait immanquablement un sous-chantage du genre : « ok, vous n'avez pas payé à la date indiquée, nous allons envoyer des bribes de la lettre d'Annie Coggioni à la presse pour vous montrer que nous ne plaisantons pas ». Et là, si j'avais dû avoir à le faire, j'aurais peut-être négocié une seconde fois avec eux sous une forme ou sur une autre, surement en demandant par exemple une baisse du montant ou des délais supplémentaires... En fait, dans ma tête, tout cela aurait dépendu de la première réaction de mes adversaires allemands et canadiens à la lecture d'un extrait de la* lettre. Si je voyais qu'ils s'en moquaient complétement, je n'aurais tout simplement pas payé. S'ils en faisaient des tonnes, peut-être aurais-je alors acheté le silence futur des racketteurs… et je pouvais désormais le faire très vite et sans formalité particulière puisque j'avais déjà mis trois millions d'euros dans un compte sur place, dans la même banque que mes racketteurs… »

Langlois : « *Ils vous en demandaient cependant dix ?… * »

Héras (laconique) : «*… et ils auraient été déjà bien contents d'en toucher trois…* »

Langlois : « *Bien… effectivement, vous êtes du genre à négocier… voyons le reste si vous le voulez bien… Il y a cette photo censée représenter l'original de la lettre de mademoiselle Coggioni. Celle-ci va nous intéresser grandement. Nous examinerons notamment si cette lettre est bien de sa main…* »

Héras (sobrement) : « *Moi-même naturellement, je demande officiellement à la police scientifique d'examiner le contenu de la photo du texte d'Annie Coggioni et de m'indiquer si cette lettre est un vrai ou un faux ?* ».

Langlois : « *C'est une demande parfaitement légitime, monsieur Héras, et nous vous transmettrons sans faute leurs conclusions. (Après avoir rassemblé et repris tous les documents transmis par Héras…). Il me reste cependant un dernier point à examiner avec vous…* »

Héras : « *Oui, je vous écoute* »

Langlois : « *Que s'est-il passé une fois la date du 31 juillet 2019 dépassée. Avez-vous été relancé comme vous le pensiez ?* »

Héras : « *Hé bien, non… et pour autant, rien n'est sorti dans les media. Cela m'a d'ailleurs confirmé une chose que je pressentais depuis le début…* »

Langlois : « *A savoir ?* »

Héras : « *Que j'avais affaire à une bande de pieds nickelés… des malfrats sans envergure… s'étant lancé dans une opération bien trop grosse pour eux… j'ai rangé dans un coin cette petite plaisanterie et je me suis reconcentré sur le vrai dossier industriel en cours, toujours en vigueur d'ailleurs même si les négociations tournent à leur fin … et à mon avantage d'ailleurs…* »

Langlois : « *Bien… merci monsieur Héras, il ne nous reste plus qu'à prendre congé. Un dernier mot toutefois. N'oublions pas que dans cette affaire quelqu'un vous a fait chanter et que selon la police cette personne est peut-être, je dis bien peut-être, le dénommé Michel Delcourt, dernier petit ami de votre frère Alain. Un homme qui ne peut plus parler depuis treize mois. Mais si c'est bien ce dernier le coupable, je dirais alors deux choses : Ce dossier était peut-être effectivement trop grand pour lui mais l'on sait maintenant pourquoi il ne vous a pas relancé passée l'échéance…* »

Maitre Genès (jouant la personne outrée) : « *Je vous en prie inspecteur, pas de sous-entendus de ce genre s'il vous plait. Dans cette affaire, la seule victime avérée, c'est monsieur Héras. Personne ici ne connaît ce Delcourt. Je demande à la Police de ne pas l'oublier…* »

Langlois (sérieusement) : « *Rassurez-vous, maître, la police n'oublie jamais rien… et personne n'accuse aujourd'hui monsieur Héras de quoi que ce soit. Mais pour que les choses soient quand même plus claires* (se tournant alors vers Jean Héras) *nous serons amenés à interroger prochainement et chacun de leur côté vos agents de* sécurité, ne serait-ce que parce qu'ils ont été concernés à la marge par cette histoire de racket. Donc ne soyez pas surpris de leurs prochaines auditions dans nos locaux »

Maître Genès (toujours sur ses ergots) : « *Je n'en vois vraiment pas l'utilité. Dans cette histoire, ils n'ont été que de simples boîtes aux lettres, on vous l'a déjà dit...* »

Langlois (froidement) : « *Maître, Je ne vous demande pas quelles sont vos meilleures méthodes pour plaider en faveur de l'un de vos clients – monsieur Héras où un autre – ne me demandez pas comment je dois mener cette enquête, je vous prie à mon tour...* »

Puis se tournant vers Jean Héras : « *Ah, au fait, monsieur Héras. Deux mots encore. Pour la bonne forme, merci à votre secrétariat de transmettre au commissariat de Saint-Germain les photos officielles de votre staff et de votre service de sécurité. Etant donné les circonstances, plus la police mettra de visages sur chacun, mieux elle se portera. Naturellement, nous vous rendrons ces photos de pure routine dès que notre enquête sera terminée... d'autre part, merci à votre service comptable de transmettre au commissariat de Saint-Germain tous les justificatifs de vos trois virements à votre nouveau compte aux Bahamas. Nous les examinerons de près...*»

Héras (un peu las) : « *Comme vous voulez... vous pensez qu'elle sera finie quand cette enquête ?* »

Langlois : « *Ah, mon dieu, si je le savais... et puis tout cela dépend de l'avis du juge d'instruction en charge de cette affaire car de notre côté et je m'excuse de revenir là-dessus, nous avons toujours un mort et demi sur les bras...* »

(Langlois saluant alors Héras et son avocat tout en faisant un bref signe de départ à Ferruci). « *Messieurs, bonne fin de journée…* ».

18) Des morts… et un vivant !

De retour à Saint-Germain, les deux inspecteurs firent naturellement un « debriefing » de leur entretien avec Jean Héras dans le bureau du commissaire Serviano. Une fois ce retour fait, immanquablement, ce dernier demanda à Langlois quelle suite il allait donner à ses investigations.

Serviano : « *Et maintenant Max, tu vas dans quelle direction ?* »

Langlois : « *Hé bien, selon moi, c'est l'heure désormais de faire parler les morts et un vivant…* »

Serviano (en souriant légèrement) : « *C'est-à-dire ?* »

Langlois : « *Commençons par les morts. D'abord le frère ainé des Héras. Quand la police de Meudon l'a trouvé suicidé, elle a récupéré son ordinateur. Depuis, et à ma demande, nos collègues me l'ont rapporté. Il était d'ailleurs temps car ils allaient vraiment le mettre à la casse. J'ai fait venir il y a trois jours un professionnel qui a réussi à casser le code d'entrée de ce PC. Une fois ouvert, savez-vous ce que j'ai trouvé ?* »

Serviano (en fronçant les sourcils) : « *Accouche Max…* »

Langlois : « *Hé bien justement, je n'ai rien trouvé du tout, absolument rien… son répertoire de mail était vide, ses fichiers personnels inexistants, sa corbeille vide de vide…* »

Serviano : « *Et alors, tu en déduis quoi ?* »

Langlois : « *Que c'est une raison de plus pour être désormais certain qu'Alain Héras ne s'est pas suicidé mais qu'on l'a bien fait disparaître volontairement...* »

Serviano (encore perplexe) : « *Tu peux préciser ta pensée s'il te plaît ?* »

Langlois : « *Croyez-vous, patron qu'un homme au bord du suicide se serait intéressé au contenu de son ordinateur. D'autant que celui-ci fermé, il avait sans doute bien d'autres idées en tête avant de passer à l'acte...* »

Serviano : « *Ce serait Delcourt qui aurait vidé le contenu de l'ordinateur d'Héras ?* »

Langlois : « *Hé oui, naturellement... chez des non-professionnels, changer le code de son ordinateur est plus que rare. Or Delcourt a vécu pratiquement neuf mois avec Héras. Il connaissait donc le code d'entrée de l'appareil, resté identique. Une fois qu'Héras a ingurgité les barbituriques qui l'emporteront, Delcourt s'est occupé de nettoyer l'appareil pour tout faire disparaître, notamment leur passé commun...* »

Serviano (en faisant une moue) : « *Bien sûr, ça se tient ce que tu dis... mais une fois de plus, tu es obligé de l'imaginer...* »

Langlois (en souriant) : « *Bien sûr que je conjecture... mais reconnaissez qu'un Alain Héras en pleine dérive morale n'avait aucune raison de vider son ordinateur... selon moi, cet appareil vide parle encore bien plus fort que s'il était bourré de fichiers...* »

Serviano (fataliste) : « *Bon, admettons… J'imagine que tu penses également que c'est à ce moment précis que Delcourt a récupéré la fameuse lettre de la petite Coggioni ?* »

Langlois : « *Si cette lettre a jamais existé, c'est effectivement à ce moment-là qu'il a pu s'en emparer. Comme ils avaient été intimes quelques mois auparavant, il devait même savoir où il y avait de bonnes chances qu'Alain Héras la planque…* »

Ferruci (prenant la parole pour la première fois) : « *Apparemment, si l'on en croit la photo transmise par ce monsieur Mendoza à Jean Héras, elle a l'air d'être bien réelle cette lettre…* »

Langlois : « *On verra ce qu'en diront les spécialistes, mais c'est aussi peut-être une vraie fausse lettre ou peut-être effectivement une vraie de vraie…. vous connaissez ma théorie sur le sujet…* »

Serviano (reprenant la parole) : « *Reprenons le second mort que tu veux faire parler. j'imagine que c'est Delcourt lui-même !* »

Langlois : « *Hé oui, naturellement. Il y a trois choses qui désignent clairement Delcourt comme étant celui qui a fait chanter Jean Héras… avant de se faire lui-même éliminer …* »

Serviano : « *Tu peux préciser ?* »

Langlois : « *J'ai relu les dépositions faites par tout le monde sur le dénommé Delcourt. Je n'ai donc eu aucun mal à y retrouver des informations qui mises bout à bout font sens. D'abord, suite à sa disparition déclarée à la mi-août 2019 par sa sœur j'ai relu la première déposition de son patron - Henri Bontemps - faite à la police de Meudon. Parmi les quelques rares choses intéressantes que ce gars leur a dit, c'est que Delcourt n'avait pas cillé lorsqu'il lui avait annoncé à la mi-juillet 2019 son prochain licenciement.*

De toute évidence, Delcourt n'attendait plus rien de cette boîte. Pourtant à cette époque, sa situation financière était plus que difficile. Ensuite, après que nous ayons retrouvé son nom grâce au videur de la boîte de Meudon, on a mis le service de l'identité à contribution, pour voir quelle tête avait ce Delcourt. Un service qui nous a en même temps informé que ce dernier avait fait une demande préalable de passeport. Monsieur Delcourt visiblement avait des projets de voyage. Il voulait sans doute changer d'air et se promener bientôt à l'étranger, pourquoi pas aux Bahamas... enfin, troisième info exploitable : alors que tout était resté en place au moment du suicide d'Héras, sauf son portable... au contraire tout a été vidé chez Delcourt. Non seulement, on a fait disparaître cet homme fin juillet ou début août 2019, mais en perquisitionnant chez lui, on n'a rien retrouvé : pas de papiers, pas de photos, pas d'ordi, pas de portable(s). Il devait en savoir des choses cet homme-là pour qu'on l'efface complétement du genre humain... »

Serviano (en frottant son menton de sa main droite) : « *Et alors, de ces trois faits que l'on savait déjà tu déduis quoi ?* »

Langlois (tranquillement) : « *Un : que c'est bien lui qui a tué Alain Héras pour lui piquer la célèbre lettre de Coggioni. Deux : que du coup, c'est bien lui qui a tenté de faire chanter Jean Héras pour toucher dix millions d'euros placés dans un compte anonyme aux Bahamas. Trois : qu'il s'est même inventé une madame Mendoza pour faire diversion. Quatre : que Kowalski tout seul ou Verhoeven tout seul ou Kowalski et Verhoeven ensemble se sont débrouillés pour retrouver la piste du maître chanteur avant de l'effacer au sens propre...* »

Serviano (toujours en se frottant le menton) : « *Pourquoi ne s'est-il pas enfui préventivement aux Bahamas ton maître chanteur ? Son passeport était à jour...* »

Langlois : « *Il se croyait anonyme. Donc il n'avait pas intérêt à quitter la France avant d'être sûr d'avoir été payé. Or selon la déposition de Jean Héras, ce dernier avait bien donné son accord de principe mais s'est contenté d'ouvrir un compte dans la même banque que celle de ce monsieur Mendoza…* »

Serviano (ne désarmant pas) : « *Jean Héras a laissé entendre également qu'il se donnait aussi un peu de temps pour voir comment allait réagir son ou ses maîtres chanteurs. Du coup, et cela va à l'encontre de ce que tu viens de dire, qui avait intérêt a tuer tout de suite Delcourt ?* »

Langlois (resté calme) : « *Je vais y revenir … mais au préalable, après avoir fait parler les morts, il faut désormais faire parler un vivant…* »

Serviano (en souriant) : « *Allons bon… c'est qui celui-là ?…* »

Langlois : « *Vous devriez vous en souvenir. C'est ce fameux agent d'assurances qui s'est baladé du côté de Meudon début juillet 2019 après réception du 2ème envoi à Kowalski. Ce barbu broussailleux interrogeant la voisine du dessous pour identifier l'ex petit ami d'Héras, à savoir Michel Delcourt. Vous étiez là, il y a une petite semaine, quand j'ai convoqué le buraliste du coin et madame Lambert pour dresser le portrait robot de notre pseudo agent d'assurances…* »

Serviano (légèrement piqué) : « *Je me souviens très bien de la confrontation mais je me souviens également qu'elle n'a rien apporté de nouveau : Grand, barbu effectivement, un peu fourbu, parlant avec un accent étranger. Tout ça ne prouve absolument pas qu'il s'agit de Kowalski ou de Verhoeven …* »

Langlois (calme) : « *Sur le coup, c'était tout à fait exact mais depuis cette confrontation, j'ai obtenu des informations sur les lieux d'entrainement de ces deux hommes en arts martiaux. Ils fréquentent la même salle privée à Paris « Kicks and shots » - ça ne s'invente pas - dans le quinzième arrondissement. J'ai envoyé Manko qui a des origines slaves pour faire une petite enquête discrète sur place. J'ai appris ainsi que Kowalski est incapable de parler français sans accent. Ça ne prouve pas que c'est lui qui était déguisé en gars cherchant à identifier Delcourt, mais ça prouve que si c'est lui qui cherchait, il ne pouvait pas cacher son accent…* »

Serviano : « *J'aurais quand même préféré que le portrait-robot soit plus parlant. Que vas-tu faire maintenant ?* »

Langlois : « *Hé, bien, c'est l'heure de faire justement plus ample connaissance avec nos deux « Kicks and shots ». Je suis sûr qu'ils ont pas mal de choses à nous raconter…* »

Ferruci (reprenant la parole) : « *Max, je m'excuse d'y revenir mais tu n'as pas répondu à la question de notre cher patron : « Puisque Héras n'a pas payé, pourquoi l'aurait-il fait tuer ? »* »

Langlois (tranquille à ce sujet) : « *Pour de multiples raisons possibles. 1) Qui nous dit qu'Héras nous a tout transmis ? 2) Qui nous dit même que nous sommes en possession de la bonne version du racket ? 3) Pieds nickelés ou pas, celui ou ceux qui l'ont fait chanter pouvaient décider de vendre ultérieurement cette lettre accusatrice à des concurrents d'Héras. Bref, comme je vous l'ai déjà, cet homme - Jean Héras – est un calculateur né qui doit avoir l'habitude de limiter les faits hasardeux au strict minimum…. Ça vous va comme réponse chef ?* »

Serviano (laconique) : « *Je n'aurais pas dit mieux…* »

19) Coups pour coups

Ce fut début juillet 2020 que l'inspecteur Langlois fit d'abord venir dans son bureau le dénommé Richard Verhoeven. Ce choix était dicté par le fait qu'à tort ou a raison, Langlois considérait que Verhoeven n'était pas l'une des pièces centrales de ce dossier. Ce qui le conduisait à raisonner de la sorte venait du fait que cet homme de 39 ans avait été recruté relativement récemment – depuis septembre 2014 - et qu'à ce titre, il n'était que la doublure du principal garde du corps d'Héras, à savoir Anton Kowalski. Par ailleurs, ce Verhoeven, qui avait fait du basket et du judo dans sa jeunesse avant de trouver des emplois dans le secteur de la sécurité privée avait un casier judiciaire vierge. Sauf quelques légères contraventions routières, c'était un homme totalement inconnu de la police. Marié avec deux enfants, il vivait normalement, en dehors de son métier il est vrai un peu atypique. Comment s'était-il retrouvé au service de Jean Héras pour assurer sa sécurité rapprochée. Tout simplement parce qu'il fréquentait la même salle de sport que Kowalski et qu'ils avaient finalement sympathisé bien qu'ils s'envoyaient régulièrement « des marrons » quand ils se retrouvaient face à face dans l'un des deux rings de la salle.

Langlois : « *Monsieur Verhoeven, si je suis bien informé, vous êtes celui qui a reçu directement chez lui - fin juin 2019 - la première lettre de ce monsieur Mendoza annonçant qu'il avait l'intention de faire chanter votre patron, monsieur Héras ?* »

Verhoeven (les yeux mi-clos) : « *Puisque vous le savez, pourquoi me posez-vous la question ?* »

Langlois (ne relevant pas) : « *Déjà, cela ne vous a pas plus perturbé que ça d'apprendre que le maître chanteur connaissait votre adresse personnelle ?* »

Verhoeven (impassible) : « *Je n'ai pas à me cacher, j'habite à Issy les Moulineaux dans les Hauts-de-Seine et j'exerce le métier classique de « garde du corps » de personnalités. Je suis la doublure de monsieur Kowalski. Un statut qui me convient très bien car j'ai un peu plus de congés que lui … or moi je suis marié mais pas lui…* »

Langlois : « *Qu'avez-vous pensé de cette demande de rançon ?* »

Verhoeven (relevant les yeux) : « *Franchement, j'ai trouvé que le gars qui s'était lancé dans ce truc était gonflé – monsieur Héras, c'est du lourd – mais chacun voit midi à sa porte. Cela dit, je vais vous dire autre chose : dix millions d'euros pour monsieur Héras, c'est l'équivalent de 500 € chez moi et probablement chez vous. C'est pourquoi Je n'ai pas été trop surpris que mon patron envisage peut-être de payer son racketteur étant donné sa grosse négociation internationale en cours, la seule chose qui l'intéressait il y a un an et qui l'intéresse toujours d'ailleurs…* »

Langlois : « *N'avez-vous cependant pas trouvé curieux que ce monsieur Mendoza n'ait pas continué de se manifester, une fois qu'il s'est aperçu que les fonds n'arrivaient pas à l'échéance…* »

Verhoeven : « *De mon point de vue, non. Ce monsieur Mendoza comme vous dites devait savoir que ce ne serait pas aussi simple. Mais tant que la négociation n'était pas close, il y avait toujours de l'espoir pour lui… la suite a prouvé qu'il avait décidé de laisser tomber. C'est son problème, pas le mien ni celui de monsieur Héras d'ailleurs…* »

Langlois : « *Vous êtes toujours belge je crois savoir. Comment se fait-il que vous soyez devenu l'un des gardes du corps d'un gars comme monsieur Héras ?* »

Verhoeven (tranquille à ce sujet) : « *Question de circonstance monsieur l'inspecteur. Je suis effectivement né belge, en janvier 1981, à Mouscron très près de la frontière française. Mais j'ai fait mon secondaire dans un lycée français proche de chez moi qui avait ouvert un pôle espoir judo… un sport où je me débrouillais bien. D'ailleurs par la suite et compte tenu de mes dispositions, j'ai été pris à l'INSEP à Vincennes, un institut des sports coté. J'ai d'ailleurs gagné pas mal de titres dans les catégories jeunes… Puis par la suite, je me suis fait naturalisé français avant d'essayer de monnayer en quelque sorte mes talents de judoka pour gagner ma vie….* »

Langlois (soudain grave) : « *Ok, Monsieur Verhoeven, je vais vous poser désormais une question, plus délicate… vous semble-t-il possible que monsieur Héras ait pu chercher à ce qu'on retrouve son maître chanteur… en mobilisant monsieur Kowalski par exemple ou une tierce personne ?...* »

Verhoeven (les yeux écarquillés) : « *Vous êtes fou, monsieur l'inspecteur. Vous regardez trop de films policiers. Nous sommes tous des professionnels sérieux, pas des repris de justice...* ne croyez pas cependant que je méconnais les pancartes de chacun. Je sais parfaitement que monsieur Héras n'a pas bonne réputation sur de nombreuses places financières mais il ne faut pas confondre « requin de la finance et vulgaire commanditaire mafieux ». Je vous l'ai déjà dit. Dix millions d'euros pour lui ne sont pas une somme suffisamment conséquente pour qu'il s'embarque dans des opérations illicites. Quant à monsieur Kowalski, je vous assure qu'il n'a vraiment pas besoin que je le défende.

J'imagine que vous allez l'interroger. Vous verrez, c'est vrai, ce n'est pas un « boute-en-train » mais justement c'est un gars très professionnel, carré dans tout ce qu'il fait... d'ailleurs, il n'a jamais été condamné, tout comme moi, au passage. Non, là je crois que vous faites vraiment fausse route, inspecteur... »

Langlois (refermant le dossier qui était devant lui) : « *Très bien, monsieur Verhoeven, je vous remercie de votre témoignage. Je verrai effectivement plus tard votre collègue. Bon retour chez vous...* ».

Compte tenu des emplois du temps de chacun, ce n'est que le vendredi 17 juillet 2020 qu'Anton Kowalski se présenta à Saint-Germain pour témoigner à son tour. Aux yeux de l'inspecteur Langlois et malgré les propos bienveillants de Verhoeven à son endroit, cet homme l'intéressait davantage. Une fois installé sur le fauteuil de l'invité, et en compagnie cette fois-ci de l'inspecteur Ferruci, Max Langlois entama la discussion.

Langlois : « *Merci monsieur Kowalski d'être venu à mon invitation. Je vais vous en préciser les raisons au cas où, comme votre collègue monsieur Verhoeven, que j'ai vu il y a quelques jours, vous vous en montriez surpris...* »

Kowalski, parlant effectivement avec un fort accent slave, d'une voix grave : « *Je vous écoute monsieur l'inspecteur...* »

Langlois : « *Depuis quand travaillez-vous pour le compte de monsieur Héras ?* »

Kowalski : « *Une bonne dizaine d'années maintenant. J'ai été embauché en 2009...* »

Langlois : « *Monsieur Verhoeven m'ayant dit qu'il n'avait été recruté qu'en 2014, depuis quand travaillez-vous en binôme ? (devant le froncement de sourcils de Kowalski), à deux si vous préférez…* »

Kowalski : « *Hé bien justement depuis 2014, depuis que Verhoeven a été recruté lui-même…* »

Langlois : « *Ceux qui ont précédé Verhoeven sont partis d'eux-mêmes où c'est monsieur Héras qui s'en est séparé ?* »

Kowalski : « *Avant Verhoeven, j'étais le seul garde du corps extérieur de monsieur Héras…* ».

Langlois (arrangeant) : « *Je vais poser la question autrement. Est-ce que quelqu'un du service général de sécurité de monsieur Héras est parti disons dans de mauvais termes avec monsieur Héras ?* »

Kowalski (ne répondant pas tout à fait à la question) : « *Je crois, monsieur l'inspecteur, que vous n'avez pas bien compris comment fonctionne un service de sécurité rapproché. Avec celui qui nous emploie, nous ne sommes ni des copains, ni encore moins des amis ou je ne sais quoi. Nous sommes des professionnels de la sécurité. A priori, on ne connaît pas la vie privée de son patron pas plus d'ailleurs que celle de ses éventuels collègues, d'autant qu'il est très rare que nous soyons mobilisés en même temps. La plupart du temps, monsieur Héras n'a besoin que d'un seul garde du corps. Ce qui nous permet de nous relayer avec monsieur Verhoeven…* »

Langlois : « *Pas de copinage d'accord. Pourtant, on m'a dit que c'est vous qui avez fait entrer monsieur Verhoeven au service de monsieur Héras en raison du fait que vous fréquentiez la même salle de sport…* »

Kowalski : « c'est exact… c'est vrai que cela nous a un peu rapprochés et que c'est moi qui l'ai présenté à l'époque à monsieur Héras… mais je l'ai fait uniquement car j'ai jugé que c'était un bon professionnel de la sécurité. Le copinage n'est pas une bonne chose dans notre métier. S'il arrivait quelque chose à monsieur Héras, notre réputation serait immédiatement dépréciée…. À nous ensuite les petits jobs merdiques de gardiennage… »

Langlois : « *Cela veut-il dire que vous êtes bien payés ?* »

Kowalski : « *À due concurrence des risques directs que l'on prend et des risques indirects que l'on subirait si nous n'étions pas assez vigilants…* »

Langlois : « *Passons à autre chose si vous le voulez bien. Que pensez-vous de l'affaire de la tentative de racket de votre patron ?* »

Kowalski : « *Je n'en pense pas grand-chose… monsieur Héras est riche… c'est un gros homme d'affaires… il attire à ce titre les paumés… quelqu'un a essayé de lui soutirer de l'argent. Il a tenté sa chance…. d'après ce que je sais, ça n'a pas marché…. c'est tout ce que je peux vous dire…* »

Langlois : « *C'est curieux qu'on soit passé par ses agents de sécurité pour lui transmettre le message du racket. Vous êtes dans l'annuaire ?* »

Kowalski : « *Notre vie privée est plutôt faible, je le reconnais mais elle existe. Cela dit, ce n'est pas vraiment difficile de nous retrouver même si effectivement nous ne sommes pas dans l'annuaire. En tout cas, c'est beaucoup plus facile de nous identifier que d'envoyer un courrier direct à monsieur Héras. Etant donné la forteresse qu'est devenu son domicile privé, ce courrier aurait très peu de chances de* parvenir à bon port. Quant à lui envoyer un message par les moyens d'aujourd'hui, ce serait effectivement très risqué d'essayer vu les facilités actuelles de la police pour identifier à posteriori certains échanges numériques ».

Langlois : « *Ne trouvez-vous pas cependant curieux que le maître chanteur, en France ou même aux Bahamas, n'ait pas tenté de récidiver quelques jours plus tard la date d'échéance ?* »

Kowalski : « *Que je trouve cela curieux ou pas n'y changera rien. D'après ce que je sais, le gars n'a rien touché de ce qu'il demandait. Il n'a pas insisté… pour moi d'ailleurs, il a eu raison, c'était plus sage…. que voulez-vous que je vous dise de plus ?* »

Langlois : « *Si je vous disais que la police pense avoir identifié celui qui a tenté de faire chanter monsieur Héras ?* »

Kowalski (l'œil semi-étonné) : « *Monsieur Héras nous en a parlé effectivement… il paraît que vous savez qui c'est mais que vous n'en êtes pas sûr…* »

Langlois (sans relever) : « *Monsieur Héras a dû vous dire également que cette personne soupçonnée – un certain Michel Delcourt - est aujourd'hui décédée…* »

Kowalski : « *Paraît-il… donc ce serait un sage mort… sauf si celui que vous soupçonnez et qui serait mort n'y est pour rien…* »

Langlois (sans reprendre) : « *On l'a retrouvé mort dans la forêt de Saint-Germain…* »

Kowalski : « *Je vois… et vous pensez encore que monsieur Héras aurait fait éliminer ce maître chanteur par sa garde rapprochée ? d'où nos interrogatoires ?…* »

Langlois (dans la foulée) : « *Qu'en pensez-vous vous-même ?*

Kowalski : « *Monsieur l'inspecteur, je ne peux vous empêcher de croire ce que vous voulez. Moi j'étais physiquement aux Etats-Unis fin juillet 2019…. mais je vous confirme qu'on ne nous a rien demandé de faire, ni à Richard, ni à moi et que si on nous l'avait demandé, on aurait refusé naturellement. Il ne faut pas tout mélanger. Nous, on est des professionnels de la sécurité. On n'est pas des malfrats. On ne connaissait pas ce Delcourt et on n'avait pas à le connaître… il faudra donc que vous cherchiez une autre piste pour trouver celui qui s'est apparemment débarrassé de celui que vous soupçonnez être le maître chanteur, qu'il soit hispano ou européen… »*

Langlois : « *Merci de votre témoignage et d'avoir joué franc jeu avec moi… c'était intéressant… mais vous savez, si c'est un magnifique labrador qui a trouvé le corps décomposé de Delcourt dans la forêt de Saint-Germain, c'est un pitbull tenace qui a pris le relais. C'est une race de chien qui ne lâche jamais rien… »*

Ferruci (se levant et intervenant pour la première et dernière fois, en ouvrant la porte à leur invité, en levant les yeux au ciel et en soupirant) : « *Je vous le confirme, monsieur Kowalski… je vous le confirme… la sortie est par là, je vous en prie… »*.

20) Retour rue des Perdrix

De fait, lorsque l'inspecteur Langlois était désigné pour mener une enquête, et comme il l'avait précisé au dénommé Kowalski, jamais la lassitude ou le découragement ne prenait le pas sur lui. Dans cette affaire, il sentait bien qu'il tournait autour du pot mais qu'il fallait juste que la providence l'aide un tout petit peu. En attendant que cette dernière se décide, l'inspecteur se rendit rue des Perdrix à Meudon, chez feu Alain Héras, pour interroger une seconde fois madame Lambert. Nous étions le mercredi 22 juillet 2020. L'atmosphère était lourde et nuageuse, à l'unisson en quelque sorte de cette affaire sur laquelle les prises solides se dérobaient en permanence. Mais une fois sur place, assis tous les deux autour d'une petite table sans âge, et après les amabilités d'usage, l'inspecteur Langlois entreprit celle qu'il considérait comme un témoin à ne pas négliger.

Langlois : « *madame Lambert, tout d'abord je vous remercie une nouvelle fois pour votre dernière contribution à Saint-Germain. Je vous ai d'ailleurs ramené le portrait robot de votre agent d'assurances… portrait que vous nous avez aidés à mettre en évidence* »

Mme Lambert : « *Tant mieux… j'ai fait ce que j'ai pu…* »

Langlois (sortant alors de sa serviette quelques photos, qu'il avait obtenu entre-temps du secrétariat administratif de la société de Jean Héras) : « *Et vous vous êtes très bien débrouillée. C'est pour cela d'ailleurs que je souhaite faire de nouveau appel à votre mémoire. Je vous ai amené quelques photos de personnalités diverses.*

Je vais vous demander de bien les examiner une par une, en prenant tout votre temps à chaque fois, et de me dire si certaines d'entre elles vous rappellent votre agent d'assurances ? »

Mme Lambert (dubitative par avance) : *« je dois regarder toutes ces photos ? »*

Langlois : *« s'il vous plait, oui… sauf les dames… »*

Mme Lambert (après avoir feuilleté une vingtaine de photos et s'arrêtant sur celles de Kowalski et Verhoeven) : *« Je ne connais aucune de ces personnes. Même si au niveau corpulence, cela pourrait bien être l'un de ces deux hommes-là… »*

Langlois (sortant alors de sa sacoche, un petit magnétophone) : *« Très bien, madame. Maintenant, je vais vous faire écouter les propos de ces deux personnes que nous avons reçues à Saint-Germain, il n'y a pas très longtemps…. écoutez bien…. et surtout ne vous souciez pas de ce qu'elles racontent. Ecoutez juste le son de leur voix… »*

Une fois l'opération terminée, Langlois reprit la parole : *« Alors, madame Lambert, vous avez d'abord entendu la voix d'une personne d'origine belge puis une seconde d'origine polonaise. Est-ce que vous diriez que l'une des voix enregistrées est la même que celle que vous avez entendue dans la bouche de votre agent d'assurances ? »*

Mme Lambert (faisant la moue) : *« Ça commence un peu à dater tout cela, mais franchement je n'ai pas souvenir que la voix de mon assureur était la même que celle que l'on entend là-dedans. Dans votre enregistrement, la voix du premier est claire avec un petit accent belge. Quant à la seconde voix, elle est caverneuse avec un accent étranger assez marqué… »*

Langlois (légèrement fébrile) : « *… des deux voix écoutées, laquelle est la plus proche de celle de votre assureur ?* »

Mme Lambert (un peu dubitative) : « *La première peut-être… c'est quand même difficile d'être certaine. D'abord mon agent d'assurances a parlé en prenant un accent étranger alors que dans votre machine, le premier ne fait que de parler français. Quant au second que l'on entend, ce n'est pas celui qui est venu, j'en suis sûr… sa voix est beaucoup trop grave…* »

Langlois (prenant à la fois le dessin du portrait-robot de Verhoeven et sa photo officielle d'entreprise) : « *Madame Lambert, je me permets d'insister. Regardez le dessin de cet homme âgé, visiblement grimé. Examinez-le sous toutes les coutures… prenez le temps, rien ne presse… comparez-le à la photo officielle de ces hommes. Est-ce que pour l'une d'entre elles, ça pourrait être les deux mêmes personnes ?* »

Madame Lambert (examinant tour à tour les deux photos et le portrait-robot un bon moment sans succès de prime abord… avant d'être soudainement intriguée) : « *Attendez, attendez… il y a quelque chose qui va peut-être vous intéresser. A la base de son cou sur cette photo officielle* (montrant celle de Verhoeven), *à droite en le regardant, cet homme a un petit bouton rouge. Je me souviens que mon agent d'assurances avait également un tout petit suçon rouge au même endroit… j'ai même pensé que c'était son épouse qui lui avait fait cela… c'est curieux quand même, c'est exactement au même endroit, une petite marque de naissance peut-être…* »

Langlois (surprit malgré tout de ce détail anatomique qu'il n'attendait pas, jubilant intérieurement et voulant désormais être seul pour réfléchir) :

« Ecoutez, madame Lambert. On va en rester là pour l'instant, si vous le voulez bien… mais pour les besoins de l'enquête et votre sécurité personnelle, je vous demande instamment de ne plus parler à personne de ce que vous venez de me dire. Vous avez bien compris madame Lambert. La précision anatomique que vous venez de me donner est peut-être importante, peut-être pas… mais une chose est sure : gardez cela pour vous et n'en parlez désormais à personne ! Cela doit rester un sujet personnel entre vous seule et moi…»

Mme Lambert (inquiète soudainement) : *« Vous me faites peur, monsieur l'inspecteur… »*

Langlois (continuant son raisonnement intérieur) : *« Il n'y a vraiment pas de quoi. Je vous demande simplement de rester discrète à propos de ce monsieur des assurances et de sa marque au cou. Bien… une dernière chose, prenez une feuille de papier. Je vais vous dicter un petit mot. Vous êtes prête ? je commence… »*

Quelques minutes plus tard, l'inspecteur Langlois quitta l'appartement de madame Lambert. L'atmosphère était lourde. Il était énervé, fatigué et avait chaud. Il s'arrêta quelques minutes dans un bar situé non loin de la rue des Perdrix et commanda une bonne bière *« bien fraiche »*. En attendant d'être servi, il sortit la lettre qu'il venait de dicter à madame Lambert et la relut avec une jubilation intérieure non feinte.

« Meudon le 22 juillet 2020

Je soussignée madame Lambert Éliane reconnait avoir reçu à mon domicile 8 rue des Perdrix à Meudon (92), appartement 14 le samedi 6 juillet 2019 une personne de sexe masculin se disant agent d'assurances.

Cette personne était à la recherche d'un éventuel client de sa compagnie dont il disait avoir perdu la trace administrative. Cet homme, assez âgé, était de belle stature. Il mimait plutôt qu'il ne parlait avec un accent slave. J'ai observé clairement qu'il avait un petit bouton rouge situé à la base de son cou, du côté droit. Au cours de la discussion, je lui ai donné le nom de Michel Delcourt, dernier ami connu de monsieur Alain Héras.

Madame Éliane Lambert

(signature) »

L'inspecteur Langlois resta en suspens deux trois secondes et regarda le plafond de l'établissement. Une voix vint le sortir de sa torpeur estivale, celle du garçon de l'établissement, qui le regardait perplexe.

« *Qu'est-ce qu'il a le plafond ?* »

Langlois « *Rien, mon ami, rien… c'est un beau plafond qu'on va appeler providence… combien je vous dois ?...* »

21) Un deal à sens unique

Une fois rentré à Saint-Germain, l'inspecteur Langlois, après en avoir discuté avec le commissaire Serviano fit appeler l'inspecteur Ferruci. Début août 2020, il fut décidé de confier à ce dernier une mission qui passerait sans doute mieux si ce n'était pas l'inspecteur Langlois qui s'en chargeait. Il s'agissait de se rendre au siège du principal groupe de Jean Héras - un consortium œuvrant sous le nom de « MGEM France Corp » - et de demander brutalement (c'est-à-dire sans avoir prévenu la société de la visite prochaine de la police au siège du groupe) quel a été l'emploi du temps précis des deux agents - Kowalski et Verhoeven – durant l'année 2019. Rendu sur place, entrant dans un immeuble ultra-moderne du quartier de la Défense, l'inspecteur Ferruci se retrouva face à une hôtesse d'accueil. Il présenta sa carte et demanda un rendez-vous direct avec le responsable du service du personnel. Averti, un homme d'une cinquantaine d'années, au costume gris clair parfaitement coupé, le visage rosé et lisse, se présenta à lui quelques minutes plus tard en souriant « *Monsieur Delcroix, chef du personnel pour vous servir. Vous êtes de la police m'a-t-on dit et vous désirez me parler. Souhaitez-vous qu'on s'installe dans l'un de ces fauteuils d'accueil ?* »

Ferruci : « *Si cela ne vous dérange pas, je préférerais qu'on se parle dans votre bureau* ».

Delcroix (l'air surpris) : « *La police veut me voir ? Rien de grave j'espère…* »

Ferruci (minimisant son propos liminaire) : « *non, vraiment rien de méchant, rassurez-vous. Cela dit, je vous confirme que je serai encore moins voyant si on se parlait dans votre bureau* »

Delcroix (malgré tout dubitatif) : « *Hé bien, dans ce cas-là, suivez-moi, je vous prie. Je vous avertis, mon bureau est un peu haut. Je travaille au 15ème étage de cette tour* »

Ferruci (plutôt à l'aise dans les circonstances présentes) : « *Ne vous en faites pas, je ne suis pas sujet au vertige…* »

Arrivés dans le bureau du chef du personnel, les deux hommes s'installèrent dans deux magnifiques et confortables fauteuils de cuir noir.

Delcroix interrogatif, les doigts croisés en dessous du menton : « *He bien, je vous écoute, monsieur l'inspecteur, de quoi s'agit-il ?* »

Ferruci : « *En fait, ma demande est simple. Peut-être avez-vous été informé que l'année dernière, à l'été 2019, votre grand patron – monsieur Jean Héras – a été victime d'une tentative de racket. Je m'empresse de vous dire que c'est lui-même qui nous l'a précisé il y a quelques semaines. A l'époque, monsieur Héras n'avait pas jugé utile de porter plainte, ni même d'ailleurs d'informer la police de cette mauvaise histoire. Dont acte. Ma première question sera donc simple : Avez-vous vous-même été informé de ce « facheux » événement ?*

Delcroix (l'air devenu soucieux) : « *Oui, j'ai été informé, je dirais à la marge, par mes collègues du service financier, puis par monsieur Héras lui-même un peu plus tard. Mais très rapidement, on n'en a plus jamais entendu parler. Je pensais d'ailleurs que cette affaire était classée ?* »

Ferruci (jouant le fataliste) : « *Elle l'est d'une certaine façon, vous avez raison, mais voyez-vous, la police pense, peut-être à tort d'ailleurs, qu'elle connaît l'identité de ce maître chanteur* ».

Delcroix (incrédule) : « *Bien, alors, vous l'avez arrêté ?* »

Ferruci (toujours en mode approche) : « *On aurait bien aimé, mais notre suspect a été retrouvé mort dans une forêt il y a quelques mois. Son décès selon les spécialistes remontrait à un an environ... fin juillet début août 2019 précisément...* »

Delcroix (resté dubitatif) : « *Ah, bon... mais je ne vois toujours pas trop...* »

Ferruci (le coupant) : « *Vous allez comprendre... dans cette affaire, la victime est clairement monsieur Héras... mais dans la quasi-totalité des dossiers de ce genre, on s'aperçoit quand l'enquête est terminée que c'est dans l'entourage de la victime que se trouvent certains suspects, voire des coupables...* »

Delcroix (interloqué, les yeux agrandis) : « *Vous plaisantez, j'espère...* »

Ferruci (calmement) : « *Ah, pas du tout... voilà pourquoi nous sommes obligés de vérifier certains emplois du temps et notamment ceux des gardes du corps de monsieur Héras.... voilà tout bêtement l'objet de ma visite. Juste vérifier la nature de leurs missions, disons de mars à septembre 2019. Je pense que cela ne doit pas vous poser trop de problèmes ?* »

Delcroix (hésitant quelque peu) : « *Sur le principe, cela n'en pose effectivement pas, mais compte tenu de la nature de cette demande, vous comprendrez qu'il faut que j'en réfère à monsieur Héras lui-même...* »

Ferruci (sûr de lui car la réponse de Delcroix était attendue) : « *Cela ne pose pas non plus de problème particulier à la police. Voyez-vous la seule chose qui nous embêterait, c'est que vous ne puissiez pas répondre directement et aujourd'hui même à cette simple demande d'emplois du temps. Autrement dit, qu'il vous soit impossible de m'indiquer quand messieurs Kowalski et Verhoeven étaient en mission entre mars et septembre 2019. Et quand ils ne l'étaient pas ? Notre question est donc toute simple, monsieur Delcroix... et monsieur Héras même informé ne pourra pas, de toute façon, se soustraire à cette demande* »

Delcroix (se reprenant quelque peu) : « *Attendez, monsieur l'inspecteur... je vous confirme que nous n'avons vraiment rien à cacher à la police. Je voulais simplement dire que je suis obligé d'en référer préalablement à monsieur Héras...* »

Ferruci (dans la position de celui qui mène les débats) : « *Hé bien, appelez-le dès maintenant que l'on en finisse avec toutes ces histoires d'emplois du temps* »

Delcroix (un peu gêné malgré tout) : « *C'est que je ne sais pas s'il est joignable comme ça... il voyage beaucoup...* »

Ferruci (de plus en plus à l'aise) : « *Voyons, monsieur Delcroix. Ne compliquez pas ce dossier inutilement. Ce n'est pas un simple quidam qui vous demande de lui transmettre une information somme toute banale, c'est la police... alors de deux choses l'une, ou vous touchez rapidement monsieur Héras qui vous donnera forcément son feu vert, ou vous ne pouvez pas le joindre mais vous pourrez alors arguer que vous avez tenté vainement de le joindre...* »

Après avoir passé plusieurs coups de fil, monsieur Delcroix finit par s'entretenir avec monsieur Héras.

Ce dernier d'ailleurs ne s'offusqua pas plus que ça de la demande de l'inspecteur Ferruci et donna son feu vert à Delcroix. Une fois ce préalable passé ce dernier reprit le fil de la conversation.

« Je vais demander à ma secrétaire de nous apporter le document précisant les absences et les présences de messieurs Kowalski et Verhoeven entre… donc mars 2019 et août 2019…. c'est bien cela ?... »

Ferruci (en mode crampon) : *« Oui, c'est bien cela…. avec naturellement les ordres de mission correspondants durant ces périodes… »*

Delcroix (en soufflant) : *« Avec les ordres de mission aussi ? »*

Ferruci (donnant le coup de grâce) : *« Vous savez, notre vrai souci n'est pas trop de savoir quand ces deux personnes étaient présentes ou absentes de la société puisque d'une façon générale, elles ne doivent pas être souvent assises derrière un bureau. En revanche, ce qui nous intéresse c'est de pouvoir vérifier que lorsqu'elles sont officiellement quelque part, (en souriant)… elles ne peuvent pas être ailleurs… »*

Delcroix (en soufflant un petit peu) : *« oui… bien sûr… bien sûr, c'est normal…. on va vous apporter tout cela dans quelques minutes… »*

Ferruci (en mode légèrement narquois) : *« Bien moi, et en attendant, si vous m'offriez un café, je ne dirais pas non… »*

Delcroix : *« oui, excusez-moi… ma secrétaire va vous apporter cela… »*

22) Dans le dur… des deux côtés

Compte tenu des vacances d'été, et de son travail aux Etats-Unis qui le retint quelque peu, ce ne fut que le lundi 24 août 2020 que monsieur Verhoeven put se rendre une nouvelle fois au commissariat de Saint-Germain. Cette fois-ci les choses devenaient sérieuses. Les ordres de mission du « gros bras » belge concernant l'été 2019 ne lui étaient pas vraiment favorables. En clair, dans la deuxième quinzaine de juillet de cette période sensible, monsieur Verhoeven était tout simplement déclaré en vacances ! Le bouton rouge au cou, le faux accent polonais pour charger au passage son collègue, une disponibilité avérée… cela commençait à faire beaucoup ! Ce second interrogatoire devenait crucial.

Peut-être même qu'on allait finir par résoudre cette affaire. À Saint-Germain, on commençait à y croire… voilà pourquoi, en cette encore belle après-midi de fin août 2020, on était au complet pour écouter les explications du suspect. Il y avait là l'inspecteur Langlois naturellement, flanqué de son équipier l'inspecteur Ferruci mais le commissaire Saviano lui-même ne voulait pas manquer cela.

Langlois : « *Monsieur Verhoeven, vous vous doutez bien que si on vous a fait revenir, c'est que des éléments nouveaux sont apparus dans le dossier de la mort de monsieur Delcourt…* »

Verhoeven (l'air incrédule) : « *Un monsieur que je ne connais toujours pas…* »

Langlois : « He bien, écoutez, vous nous permettrez d'en juger à la lumière des réponses que vous pourrez apporter à certaines questions que l'on continue de se poser… »

Verhoeven (de bonne volonté) : « *Je vous écoute inspecteur…* »

Langlois : « *En premier, pouvez-vous nous dire quel fut votre emploi du temps dans la deuxième quinzaine de juillet 2019 ? Je vous pose cette question parce que selon l'état officiel des congés de votre entreprise, autant monsieur Kowalski se trouvait bien aux Etats-Unis auprès de monsieur Héras, autant vous… vous étiez physiquement absent durant cette période ?* »

Verhoeven (toujours calme) : « *Ce n'est pas bien difficile de vous répondre. J'ai passé les quinze derniers jours de juillet 2019 à Biarritz avec mon épouse et mes deux enfants…* »

Langlois (légèrement déstabilisé) : « *Vous pourriez prouver cette escapade ?* »

Verhoeven (sûr de lui) : « *Bien sûr. On a pris des photos et pas mal de films pendant nos vacances… et je pense avoir conservé la facture finale…. De toute façon, nous sommes descendus au « Mercure » de Biarritz. Vous leur demanderez tous les justificatifs que vous voulez. On s'est par ailleurs tous filmés fréquemment et nous avons payé systématiquement tous les matins quatre petits déjeuners…* »

Langlois (à tout hasard) : « *Où étiez-vous début août 2019 ?* »

Verhoeven : « *Au siège à la Défense. J'ai badgé régulièrement. Par ailleurs, l'après-midi j'ai continué de m'entraîner à la salle de sport de l'entreprise. Là aussi, il faut badger pour y entrer. À partir de là…* »

Langlois (pas encore complétement convaincu) : « *Quelqu'un peut toujours badger à votre place ?* »

Verhoeven (en souriant) : « *Bien sûr, sauf que pour pénétrer dans tous les endroits de la société, seuls les agents de celle-ci ont un accès électronique. En pratique, il faut apposer sa main droite dans une zone verticale de reconnaissance. On est à l'heure américaine…* »

Langlois (un peu déstabilisé) : « *Tu me confirmes Domi ?* »

Ferruci (fataliste) : « *heu oui… j'aurais dû t'en parler…* »

Langlois (en mode pitbull) : « *Bien. Je reconnais monsieur Verhoeven que pour l'instant toutes vos réponses sont carrées. Malgré tout, vous n'oublierez pas de nous donner effectivement vos justificatifs de vacances…* (se tournant alors vers le commissaire Serviano lui-même à ce moment précis légèrement désabusé…). *Cependant Je n'en ai pas fini avec vous. Nous allons parler d'autre chose…* »

Verhoeven (davantage décontracté qu'au début) : « *Je vous écoute monsieur l'inspecteur* »

Langlois : « *La dernière fois que l'on s'est vus – le lundi 6 juillet dernier précisément – c'était à l'occasion d'un premier interrogatoire ici même à Saint-Germain, vous vous en souvenez ?* (Verhoeven acquiesça de la tête). *Vous m'avez dit, à cette occasion, combien la thèse des « gros bras » faisant son affaire au maitre chanteur de votre patron vous paraissait complétement farfelue, on est toujours d'accord ?* (Verhoeven acquiesça de nouveau, déjà perplexe sur la suite que tout le monde attendait…). *Mais dans cette affaire scabreuse, il y a quelque chose qui a attiré mon attention. Vous m'avez dit la dernière fois que bien que belge de naissance né et demeurant à*

Mouscron vous êtes parti poursuivre vos études secondaires dans un lycée français pas loin de chez vous. C'est toujours bien ça ? »

Verhoeven (en mode incertain) : « *Ben, oui...* »

Langlois : « *Pouvez-vous me donner le nom de ce lycée s'il vous plait ? »*

Verhoeven : « *Bien sûr, c'était le lycée Gambetta...* »

Langlois : « *Qui se trouve précisément dans quelle ville...* »

Verhoeven (toujours perplexe, quoique légèrement inquiet) : « *A Tourcoing...* »

Langlois (sur de l'effet général qu'il allait provoquer) : « *Tourcoing, donc... mais vous savez quoi. Dans notre affaire, une personne déjà interrogée m'a dit être née elle-même à Tourcoing. Le jour où elle m'en a parlé, elle était même très volubile. Elle a donc rajouté qu'elle était non seulement née à Tourcoing mais qu'elle y avait vécu jusqu'à ses vingt ans...* »

Le commissaire Serviano (soudain très intéressé) : « *Max, tu parles de madame Gervois là ? »*

Langlois (ne relevant pas) : « *Quand elle n'était pas encore mariée, elle s'appelait Aline Vandendriesche, mais aujourd'hui, divorcée, elle vit effectivement sous son nom marital, celui que vient de donner monsieur le commissaire ».*

Verhoeven (en mode contre-attaque) : « *Bon d'accord... on était au Lycée à Tourcoing tous les deux à la même époque. Et alors, ça prouve quoi ? et d'abord quel rapport avec l'affaire que vous suivez ?»*

Langlois (en mode implacable) : « *Quel rapport dites-vous ? Mais monsieur Verhoeven, il n'y a pas « un » rapport unique.... il y en a « des tonnes » !* »

Serviano (un peu agacé de ne pas avoir été informé plus tôt) « *Accouche Max, on n'est pas au théâtre...* »

Langlois : « *Ok, patron, excusez-moi, je reconnais que j'en fais un peu beaucoup... ce que j'ai voulu dire, c'est que un : monsieur Verhoven et Annie ont le même, âge, deux : qu'ils ont fréquenté le même lycée quand ils avaient 16 ans et trois : qu'ils étaient même dans la même classe de seconde* »

Verhoeven (en mode contre-attaque) : « *Oui, c'est vrai, j'ai connu cette fille quand j'étais en seconde. Je peux même vous dire que je suis sorti quelques semaines avec elle quand nous étions en première. Mais je ne savais absolument pas qu'elle était concernée par l'affaire du racket ! ce qui m'étonne beaucoup d'ailleurs...* »

Langlois : « *He bien voyez-vous, je serai tenté de vous croire. Les hasards de la vie, ça peut vraiment exister... et pour l'instant je n'ai plus d'autres questions à vous poser... sinon naturellement une toute petite dernière...* »

Verhoeven (l'air soucieux) : « *Dites...* »

Langlois (l'oeil perçant) : « *Avez-vous revu cette dame ces dernières années ?...* »

Verhoeven (pour se soulager) : « *C'est très délicat, monsieur l'inspecteur... car je suis un homme marié et j'ai retrouvé un certain équilibre familial après quelques années difficiles où mon couple a un peu vacillé. Aussi, je vous demanderais instamment de rester discret sur ce que je vais vous dire...* »

Langlois (regardant à la fois le commissaire et Ferruci) : « *Monsieur Verhoeven, nous ne sommes pas des détectives privés. Votre vie intime ne nous regarde pas. En revanche, étant donné les circonstances, c'est-à-dire que madame Gervois s'est trouvée mêlée, comme simple témoin je m'empresse de le dire, à la fois au décès du frère de votre patron – Monsieur Alain Héras – et au décès de celui suspecté d'être le rançonneur de votre patron – monsieur Delcourt -, tout ce que vous pourrez nous dire à son sujet intéresse beaucoup la police…* »

Verhoeven (parlant assez bas) : « *Hé bien, en fait, c'est un pur hasard qui nous a fait nous rencontrer une seconde fois…* »

Langlois : « *Plus fort, s'il vous plait…* »

Verhoeven (s'exécutant) : « *J'habite Issy-les-Moulineaux, pas très loin de Meudon où elle habite. De mémoire, à l'été 2017, mon centre commercial était fermé pour cause de travaux. Je me suis rendu à celui de Meudon, qui n'était pas trop loin, et là, on s'est revu fortuitement. Elle m'a rappelé ma jeunesse, il faisait beau, elle était jolie et fraiche. J'ai voulu la revoir et visiblement elle était d'accord, je dirais même enthousiaste… bref, on est sorti ensemble, d'autant qu'à ce moment précis mon couple battait un peu de l'aile. Cela dit, je m'empresse de vous dire que cela n'a pas duré très longtemps, quelques mois en fait. J'ai rompu d'Aline en mars 2018. Ma femme n'en a jamais rien su… mais je préfère vous raconter directement ce qui s'est passé pour vous éviter de faire une enquête de voisinage à mon propos. J'ai donc renoué le fil avec mon épouse. Notre couple s'est reformé et j'adore mes enfants. En fait, j'ai fait une erreur… que j'ai essayé d'enfouir pour que ma famille n'en pâtisse plus…* »

Langlois (resté à l'affut) : « *Merci de cette confession, monsieur Verhoeven. Si ce que vous nous dites est vrai, même si ça ne me regarde pas, je crois vraiment sincèrement que vous avez choisi la meilleure option pour vous et votre famille. Mais du coup, j'ai encore une ultime question à vous poser* »

Verhoeven (soulagé finalement) : « *Je vous écoute inspecteur* »

Langlois : « *J'imagine que durant cet « intermède » vous vous êtes parlé tous les deux et parfois sur des sujets ne relevant pas de votre intimité. Ma question la voilà : « Avez-vous dit à madame Gervois que votre patron – monsieur Jean Héras – avait un demi-frère du nom d'Alain Héras qui habitait comme elle à Meudon ?* »

Verhoeven : « *Oui, je le reconnais… en temps normal, monsieur Héras n'a pas l'habitude de se raconter. Mais un jour que sa voiture m'a pris en passant à Issy, je me suis assis comme d'habitude à l'avant à côté du chauffeur qui a continué sur Meudon. C'est là que monsieur Héras m'a dit un truc du genre : « Savez-vous bien, Richard que j'ai un demi-frère, du nom d'Alain, qui habite par là. J'avoue ne plus savoir trop ou d'ailleurs… » J'ai dit alors : « mais vous le voyez encore de temps en temps ? » il m'a répondu « en fait non… il est homosexuel. Ça me déplaisait… » et la conversation sur son frère s'est arrêtée là* »

Langlois : « *Très intéressant et donc vous en avez parlé un jour à madame Gervois ?* »

Verhoeven : « *Ben oui, c'était quand même une info plutôt surprenante. Des fois, vous savez, à deux, on cherche des sujets originaux. Je lui ai donc parlé de ce frère gay caché qui habitait Meudon comme elle…* »

Langlois : « *Et qu'a-t-elle dit à ce sujet ?* »

Verhoeven : « *Rien… je vous assure qu'elle n'a rien dit… en fait à l'époque, je crois bien qu'elle s'en foutait complétement…* »

Langlois : « *Dernière question cette fois-ci, c'est sûr. Vous nous avez dit que c'est vous qui avez pris l'initiative de rompre avec madame Gervois en mars 2018. Comment a-t-elle pris cela ?* »

Verhoeven (levant les yeux au ciel) : « *Ah, là par contre, elle a parlé… ça s'est passé très mal, monsieur l'inspecteur. Vraiment très mal… si vous n'avez jamais entendu une femme en furie… je vous souhaite de ne jamais voir ça… j'en ai vraiment pris plein la g… excusez-moi de l'expression…* »

Langlois (ne relevant pas) : « *Ok, On vous lâche, monsieur Verhoeven et si j'ai un conseil à vous donner. Ne parlez à personne autour de vous de cette conversation qui s'est avérée finalement très instructive…* ».

Verhoeven (enfin soulagé) : « *Ça ne risque vraiment pas, soyez-en tous ici bien certains…* »

23) La croisée des chemins…

Suite au dernier témoignage de Richard Verhoeven, l'enquête sur le dossier Delcourt changeait clairement de direction. Le fait que madame Gervois ait revu son ancien flirt de lycée rebattait effectivement pas mal de cartes. Ainsi quand on y réfléchissait, un certain nombre de choses clochaient dans la première déposition de madame Gervois faite chez elle début avril 2020. En tout cas, après que Verhoeven l'eut quittée sa situation personnelle s'en trouvait sensiblement changée. De nouveau seule, cette dame savait désormais qu'un homme homosexuel nommé Alain Héras habitait dans la même ville qu'elle à Meudon. Que cet homme était, qui plus est, le frère d'un grand capitaine d'industrie, forcément fortuné. Que peut-être dans ces conditions cela valait la peine de faire la connaissance de ce demi-frère et qui sait de le draguer s'il était bi. N'étant pas recensé dans l'annuaire – la police l'avait vérifié - cet Alain Héras n'était donc éventuellement joignable que sur son portable mais madame Gervois ne pouvait en connaître le numéro puisqu'il n'existe pas d'annuaire associé. A priori, cela revenait à trouver un homme isolé à l'intérieur d'une commune de plus de 46 000 habitants ! Oui, mais voilà, cet homme était homosexuel ! Dès lors la piste principale à explorer était le club de la ville réservé assez largement aux personnes orientées « gay ». Et nul doute qu'en avril 2018 madame Gervois n'avait donc eu aucune difficulté à identifier à la fois Alain Héras et par ricochet son récent « ami » de l'époque, à savoir Michel Delcourt…

Pour tous ceux qui s'intéressaient à cette affaire, et en premier lieu à l'inspecteur Langlois, il était donc assez aisé d'en tirer un certain nombre de conclusions. En faisant connaissance d'Alain Héras, madame Gervois avait dû vite comprendre que ce dernier n'était pas « bi ». En revanche, elle avait forcément constaté que son tout récent petit ami - Michel Delcourt - l'était ! Mieux : Elle ne pouvait pas manquer d'observer que celui-ci était un ambitieux à la petite semaine, une « grande gueule » en quête permanente de projets plus ou moins fumeux n'aboutissant jamais, bref un raté… Au milieu de ces deux hommes aux profils proches et pourtant si différents, n'aurait-elle pas ourdi un plan s'articulant en trois phases bien distinctes ? Première phase, gagner leur confiance. Seconde phase, les manipuler. Troisième phase : Passer à l'action, c'est-à-dire faire chanter Jean Héras…

Dans l'esprit à tête chercheuse de l'inspecteur Langlois, il imaginait à partir de ce postulat général, restant naturellement à prouver, un scenario central probable et des variantes dans l'exécution du plan général. Le scenario majeur était donc connu : Faire « chanter » Jean Héras, celui qui « officiellement » avait réussi, celui pour qui dix millions d'euros équivalaient à cinq cents euros pour une personne lambda. Double gain attendu : L'argent naturellement placé paisiblement dans un compte anonyme sous le nom d'emprunt de Mendoza aux Bahamas… et une vengeance bien comprise sur Richard Verhoeven après avoir trouvé la façon de le « mouiller » dans cette affaire, via la recherche bidon d'un pseudo agent d'assurances.

Concernant l'exécution de ce plan, l'esprit fécond de Langlois imaginait un invariant obligatoire : le décès d'Alain Héras ! Car de toute évidence, il n'était pas possible que l'on tente d'extorquer de l'argent à son frère cadet sans se débarrasser du frère aîné. Tous les témoignages concordaient en effet sur ce dernier. C'était un vrai brave type qui n'aurait certainement pas fait chanter son demi-frère surtout pour une somme aussi conséquente. Concernant le seul moyen de « racketter » Jean Héras, c'était naturellement la menace de rendre publique la fameuse lettre d'Annie Coggioni, vraie ou supposée. Mais, comme déjà dit, le réel intérêt de cette lettre était surtout qu'elle « puisse » exister en temps d'intenses négociations financières outre-atlantique. Car comme l'avait avoué récemment Jean Héras, post négociations, même si cette fameuse lettre était réelle, cela ne l'aurait certainement pas conduit à payer cash. Sa réputation d'homme d'affaires sans pitié reprenant alors son cours naturel. Informée probablement par son ex-amant Richard Verhoeven que ces fameuses négociations n'étaient prévues qu'à compter de mars 2019, elle avait donc constaté qu'il lui restait une année entière pour mijoter un plan lui permettant à la fois de devenir riche tout en se vengeant de son ex-amant Verhoeven.

À compter d'avril 2018, Aline Gervois avait donc dû joué deux « doubles jeux » distincts. Avec Alain Héras d'abord en devenant son amie, voire sa confidente des jours plus ou moins heureux. Avec Michel Delcourt ensuite en devenant progressivement son âme damnée sinon sa maîtresse, un point annexe très difficile à établir à ce stade du raisonnement et de toute façon subalterne.

En revanche, ce qui apparaissait certain, c'est que fin septembre 2018, Delcourt avait bel et bien quitté Alain Héras. Sur ordre de Gervois ? Parce qu'il en avait vraiment assez ? Parce qu'il était nécessaire que du temps s'écoule entre la fin de leur histoire sentimentale et le décès futur d'Alain Héras ? Difficile à dire, à ce stade de l'enquête. Peut-être pour toutes ces raisons à la fois ! En tout cas, c'était donc en mars 2019 précis qu'il fallait qu'Alain Héras « se suicide » pour que le chantage puisse commencer à s'envisager. Concernant les modalités techniques de ce suicide, l'inspecteur Langlois était en train de revoir sa copie. Dans sa première version, celle qu'il avait exposée au commissaire Serviano début mai 2020 il aurait bien vu un Michel Delcourt repenti et retors faire son retour chez Alain Héras pour l'empoisonner et récupérer par là même la lettre réquisitoire d'Annie Coggioni. Désormais, il voyait mieux Aline Gervois pour s'occuper de cette partie du plan. Sa profession d'infirmière lui permettant d'accéder sans problème à tous les types de médicaments, drogues et autres psychotropes nécessaires à la réalisation complète de l'opération.

En revanche, comme déjà évoqué, celui qui avait imité l'écriture d'Alain Héras donnant les raisons de son suicide ne pouvait être l'œuvre que de Michel Delcourt, « l'as » de la calligraphie, le faussaire patenté des ronds et des déliés. De la même façon concernant la fameuse lettre de la petite Coggioni « trainant dans la boue cet infâme et cruel Jean Héras » soit celle-ci existait vraiment et ce serait donc le levier naturel du chantage, soit celle-ci n'existait pas et alors il fallait l'imaginer. Cela serait du ressort d'Aline Gervois concernant l'imagination et de Michel Delcourt concernant la calligraphie.

Mais ce n'était pas tout. De la même façon que madame Gervois avait orienté l'inspecteur sur le suicide d'Alain Héras et sur cette histoire de lettre accusatrice d'Annie Coggioni, elle n'avait pas omis de lui préciser que Michel Delcourt aimait l'argent et qu'il semblait prêt à tout pour en obtenir. Se faire entretenir par Alain Héras ne lui suffisait donc plus. Du coup, Gervois avait donc eu l'habileté de mettre l'inspecteur Langlois sur deux probables fausses pistes. Sur celle de Richard Verhoeven d'abord lorsque, début juillet 2019, un faux agent d'assurances, grimé et costaud, ayant le même bouton rouge au cou que celui qu'elle avait eu largement le temps d'observer chez son amant de l'époque. Sur celle d'un Delcourt aux abois et à court d'argent ensuite concernant l'assassinat d'Alain Héras lorsqu'il l'avait interrogé début avril 2020.

En revanche, c'est à partir de là que les choses se compliquaient pour l'inspecteur Langlois. Qui était donc ce faux assureur ayant fait semblant de rechercher Michel Delcourt, un homme qu'Aline Gervois connaissait bien et pour cause ? En raison du fait qu'ils avaient rompu bruyamment, la piste Verhoeven n'était plus la bonne. Donc, il existait un troisième homme mandaté forcément par Gervois et ou Delcourt mais qui ? et même, si on voulait aller plus loin : qui avait conçu les deux envois de lettres reçues par les hommes de main d'Héras entre le 28 juin et le 3 juillet 2019 ? Gervois ? Delcourt ? un troisième participant inconnu, la bande ? On n'avait d'ailleurs toujours pas vérifié si la soi-disant lettre écrite par Annie Coggioni début 1986, visible uniquement par voie photographique, était bien de sa main au motif tout bête qu'on n'avait pas de courrier de référence.

Bref, on était peut-être à la croisée des chemins mais on était surtout assez loin de la destination finale. Et le temps tournait… et monsieur Granger attendait…

24) Retour à Mennecy

Ce fut le mardi 1er septembre 2020 que l'inspecteur Langlois se rendit une seconde fois au domicile de la famille Coggioni. Un rendez-vous téléphonique avait préalablement été pris. L'argument qu'avait donné le policier pour revenir chez ce vieux couple meurtri étant cette fois-ci qu'il s'intéressait à l'accident automobile dont avait été victime plus d'un an auparavant leur fils Pascal. Les parents avaient dit oui davantage par curiosité que par envie, rien ne pouvant effacer le fait que ce dernier n'était désormais plus de ce monde. Préalablement à cette visite, Langlois s'était rendu au commissariat du Plessis-Robinson pour consulter le rapport associé au pseudo accident survenu au fils Coggioni. Il avait ainsi pu dialoguer avec son collègue – un certain André Sarteau – à propos de l'événement en question.

Langlois : « *Ça s'est passé quand et où précisément : date, heure, lieu ?* »

Sarteau : « *Le lundi 5 août 2019. Il devait être entre 22 heures et 22h30 ici même au Plessis-Robinson près de l'immeuble de la victime. M Coggioni avait garé son véhicule dans un box qu'il louait à proximité de son domicile. Au moment des faits, il rentrait à pied en provenance de ce box…* »

Langlois : « *D'après ce que je sais, il y aurait eu un témoin. Je peux lire sa déposition…* »

Sarteau : « *Je peux aussi bien vous la résumer. C'est moi qui à l'époque ai suivi cette affaire. Il restait une quarantaine de mètres à faire à la victime pour rentrer chez lui. Il n'avait plus que la rue Chopin à traverser. Au moment précis où il s'est engagé, un « 4-4 » noir garé à proximité a démarré en trombe et a volontairement percuté par l'avant droit monsieur Coggioni. Ce dernier a eu juste le temps de faire un léger écart mais ça n'a pas suffi. Coggioni a été violement projeté à 5 ou 6 mètres sur le bas-côté. Le « 4-4 » ne s'est pas arrêté et a continué sa route à grande vitesse. Ce n'est vraiment pas un accident, mais bel et bien un meurtre délibéré* »

Langlois : « *Ou était posté le témoin ?* »

Sarteau : « *Il était dans l'immeuble touchant celui de Coggioni, au troisième. Il fermait ses volets juste à ce moment…* »

Langlois : « *Il n'a pas pu lire la plaque d'après ce que je sais ?* »

Sarteau : « *Non, la plaque arrière était masquée d'un petit drap blanc. Preuve s'il en était que c'était bien un guet-apens orchestré…* »

Langlois : « *Vous avez fait une enquête, je crois…* »

Sarteau : « *Oui, on a regardé ce qu'on pouvait faire mais on a été prévenu assez tardivement. De toute façon des « 4-4 » noirs, ça court les rues de nos jours, même en soirée. On a interrogé quelques concessions locales pour savoir si elles avaient loué récemment ce type de véhicule. Mais il y avait trop de points d'interrogation. On ne connaissait pas la marque, on n'avait pas de plaque qui d'ailleurs pouvait être fausse, aucun autre témoin ne s'était manifesté. Quant à celui qui avait vu quelque chose, à cause de la vitre teintée, il ne savait* même pas si le conducteur était un homme ou une femme… en fait, placé de côté, il n'a vu que le choc et le vol plané de Coggioni…

Langlois : « *Il est mort sur le coup ?* »

Sarteau : « *Oh là là oui… il avait la moitié des membres brisés et surtout il a fait une méga hémorragie interne… aucune chance d'en réchapper. Ça pèse quand même une tonne et demie ces engins…* »

Langlois : « *Son portable ?* »

Sarteau : « *Il l'avait sur lui. De la bouillie…* »

Langlois : « *Vous avez cherché à savoir si du côté professionnel, il s'était fait des ennemis ?* »

Sarteau : « *Oui… on s'est même dérangé à Ivry-sur-Seine. C'est là qu'il travaillait comme surveillant d'un site industriel sensible. On a demandé à sa hiérarchie et à ses collègues si Coggioni se sentait particulièrement menacé ces dernières semaines ? Ils nous ont dit qu'effectivement, depuis quelque temps, ils le trouvaient plutôt nerveux mais personne n'a été plus loin que ça, d'autant qu'il avait semble-t-il des problèmes d'argent… ceci pouvant expliquer cela* »

Langlois : « *Il surveillait quoi exactement ?* »

Sarteau : « *un site d'entrepôt d'acétone. Il paraît que c'est très inflammable ce type de produit… c'est donc bien un site sensible mais qui n'a rien à voir avec la sécurité nationale…* »

Langlois : « *Vous avez perquisitionné son domicile, j'imagine ?…* »

Sarteau : « *Oui, et c'est même là qu'on a compris le très probable mobile du crime…* »

Langlois (agacé) : « *Et vous ne me le disiez pas ?... »*

Sarteau : « *Je gardais cela pour la fin… en fait, quand nous sommes montés chez lui, et bien que la porte de son appartement n'ait pas été fracturée, nous avons trouvé un mot tapé à la machine entouré de deux têtes de mort. Entre ces deux symboles était écrite la phrase suivante :* « Voilà ce qui arrive quand on ne paye pas ses dettes ! ». *Nous avons vérifié par la suite… visiblement cet homme* « jouait » *un peu partout, au poker, aux courses, à des jeux d'argent… du coup, il semblait effectivement très endetté… »*

Langlois : « *Vous avez cherché à savoir s'il avait malgré tout des ennemis bien définis ? »*

Sarteau : « *Nous avons interrogé quelques personnes dans des cercles, des officines… un silence de mort teinté de mépris nous a répondu… bref un pauvre gars sans liens particuliers. Nous avions autre chose à faire que de mettre nos maigres moyens sur un paumé pareil. A la fin du mois d'août, nous avons classé l'affaire… »*

Langlois : « *Son ordinateur était resté en place ? »*

Sarteau : « *Ses parents nous ont dit qu'il n'avait qu'une tablette. Naturellement, celui ou ceux qui ont fait le coup l'ont emporté, ainsi d'ailleurs que la plupart de ses papiers personnels … »*

Lnglois (sobrement) : « *Bien… je vous remercie collègue. Bonne fin de journée… »*

Après cette visite au commissariat du Plessis-Robinson et comme prévu, l'inspecteur Langlois se rendit une seconde fois au domicile des Coggioni. Ces derniers le firent entrer dans la maison et chacun prit les mêmes places que la fois précédente.

C'est naturellement, l'inspecteur Langlois qui prit la parole le premier.

Langlois : « *Merci tout d'abord de me recevoir une seconde fois malgré la nature des sujets abordés* »

Devant le silence perplexe des Coggioni, Langlois poursuivit.

Langlois : « *Je fais suite à ma visite de mai dernier. Compte tenu de certains éléments nouveaux recueillis dans l'enquête que je mène actuellement, la police s'intéresse à certains faits périphériques à l'enquête principale. Votre fils Pascal y a peut-être été mêlé... je dis bien peut-être...* »

Mme Coggioni (assez intriguée, voire soupçonneuse) : « *En quoi Pascal a-t-il pu être mêlé à une affaire que la police suit aujourd'hui ?* »

Langlois (ne répondant pas directement à la question de madame Coggioni) : « *La dernière fois que je suis venu vous voir, vous m'avez dit, vers la fin de notre entretien, que votre fils vous avait rendu visite deux fois relativement récemment. Pouvez-vous vous me rappeler les périodes précises de ces deux visites ?* »

Mme Coggioni : « *Sa première visite, c'était début juin de l'année dernière* (en regardant son mari) *je crois bien... la seconde, c'était fin juillet toujours de l'année dernière j'en suis sure parce qu'il a été renversé très peu de temps après sa deuxième visite, t'es d'accord avec moi Lucca ?* »

Mr Coggioni (bougon) : « *C'est possible, je ne m'en souviens plus trop. Il faisait beau les deux fois je crois... certains légumes avaient pointé le bout de leur nez...* »

Langlois : « *Je crois également me rappeler qu'à chaque fois vous aviez parlé tous ensemble de votre fille Annie. C'est bien ça…* »

Mme Coggioni (triste) : « *Oui, c'est vrai… pourquoi remuez-vous tout ça monsieur l'inspecteur…* »

Langlois : « *Désolé pour ces questions, madame Coggioni, je sais que c'est dur pour vous mais vous savez, si nous pouvons identifier celui ou ceux qui ont tué votre fils, tout ceci n'aura pas été inutile…* »

M Coggioni (guère convaincu) : « *Mais quel rapport entre le crime sur notre fils et la mort de sa sœur survenue il y a 34 ans ?* »

Langlois (tentant un coup de poker) : « *Je ne peux répondre directement à cette question tant le dossier que je suis est particulièrement confus. En revanche, ça m'intéresse de savoir si lors de la première visite de votre fils, celle de juin 2019, vous avez relu tous ensemble le petit mot que votre fille vous avait laissé juste avant de mourir ?* »

Mme Coggioni (se souvenant très bien) : « *Oui, il nous a dit qu'il voulait le relire… j'ai même trouvé cela un peu curieux. Jusque-là, il n'en avait jamais éprouvé le besoin…* »

Langlois (poursuivant son idée) : « *A-t-il voulu rester seul avec ce mot pour se recueillir par exemple ?* »

Mme Coggioni (après un bref temps) : « *C'est exact. Il, m'a demandé de le laisser quelques instants afin d'avoir une pensée pour sa grande soeur. J'ai trouvé ça vraiment curieux mais touchant également et je n'avais pas de raisons de lui refuser cette pensée…* »

Langlois (satisfait mais s'efforçant de ne pas trop le montrer) : « *He bien, je vous remercie de vos propos.*

Excusez-moi encore d'avoir remué ces funestes souvenirs. Sachez que cette conversation m'aura permis malgré tout d'avancer dans mon enquête... »

Mr Coggioni (devenu à son tour suspicieux) : « *Vous êtes un drôle de gars inspecteur. On ne sait jamais ce que vous pensez réellement et vous posez vraiment de curieuses questions... »*

Langlois (sur son terrain désormais) : « *Oui, on me le dit souvent. Chacun sa façon de fonctionner. J'essaie de mener mes enquêtes comme un joueur d'échecs joue sa partie. Il y a malgré tout une petite différence. Le joueur d'échecs anticipe les coups de l'adversaire. Moi, je tente de détricoter les coups anticipés de mes suspects... »*

M Coggioni : « *Oh là, là vous êtes un compliqué vous ! Et ça marche votre méthode ? »*

Langlois : « *Dans l'ensemble oui, mais bien sûr je ne gagne pas à tous les coups... »*

Mme Coggioni (reprenant la parole) : « *Avec vos questions et nos réponses, vous pensez parvenir à savoir qui a tué notre fils ? »*

Langlois : « *Mais je l'espère bien madame... je l'espère bien... et sachez que votre témoignage de ce jour va y contribuer... vous serez d'ailleurs les premiers informés quand nous aurons retrouvé le meurtrier de votre fils, qu'il soit un homme ou une femme ... »*

25) Langlois dans ses œuvres…

Deux jours plus tard cette visite faite aux Coggioni, soit le jeudi 3 septembre 2020, et à la demande du commissaire Serviano, l'inspecteur Langlois fut tenu de faire le point sur le dossier Delcourt. Comme la fois précédente, l'inspecteur Ferruci était également convié à cette réunion qui allait décider de la suite à donner à cette affaire hors normes.

Serviano : « *Alors Max, où en es-tu dans ce dossier ? As-tu de nouvelles billes pour Granger ? As-tu retrouvé les pièces manquantes de ton puzzle géant, comme tu dis, celles qui nous cachent le tableau général ?…* »

Langlois : « *Je vais commencer par le plus facile. Puis je vous dirai ce que je pense du reste…* »

Serviano (habitué à ce genre de circonvolutions) : « *On t'écoute mon gars…* »

Langlois : « *D'abord patron, ne me parlez pas de mes preuves. Comme d'habitude. Je n'en ai strictement aucune… mais selon moi, in fine, elles ne seront peut-être pas nécessaires…* »

Serviano (levant les sourcils) : « *C'est nouveau ça…* »

Langlois (ne reprenant pas) : « *Comme on en a déjà parlé entre nous, le pivot de cette affaire est désormais Aline Gervois. Cette femme que j'avais prise un peu trop vite pour une utile auxiliaire de la police est en fait le premier – ou second - rouage de cette vaste machination qu'a été le rançonnage finalement raté de monsieur Héras. A-t-elle empoisonné l'ainé Alain Héras ? J'en suis persuadé mais la victime n'est plus là pour le confirmer…*

je ne pourrai donc jamais le prouver directement... A-t-elle demandé à Michel Delcourt de rédiger la lettre de suicide d'Alain Héras pour que les experts concluent à sa véracité ? j'en suis persuadé également mais là non plus Delcourt n'est plus là pour l'avouer ?... S'est-elle rapprochée de Pascal Coggioni pour que ce dernier lui apporte un exemple d'écriture de sa sœur et qu'ainsi elle puisse imaginer la fameuse lettre d'Annie chargeant Jean Héras de tous les péchés du monde ?... c'est plus que probable mais cette fois-ci, ni Delcourt, ni Pascal Coggioni ne sont là pour me le confirmer ?... A-t-elle demandé à Coggioni en mal d'argent et au bout du rouleau d'assassiner un Delcourt jugé finalement trop friable et incontrôlable ?... c'est très possible également mais, je viens de le dire, Coggioni n'est plus là pour l'avouer ! Enfin, a-t-elle tenté de faire croire à la police que Verhoeven était celui qui avait en définitive assassiné Delcourt pour débarrasser son patron de ce minable maître chanteur ?,... j'en suis également persuadé, mais Verhoeven se trouvait à Biarritz, en famille, et il a pu le prouver... voilà, messieurs, ce que l'on peut désormais conjecturer sur ce dossier, et donc, voilà aussi ce que nous sommes bien incapables de prouver à part les impossibilités techniques des hommes de main de Jean Héras »

Serviano (perplexe) : « *Et tu penses la coincer comment alors ?* »

Langlois (comme souvent, ne répondant pas directement à son patron, mais adoptant un ton agressif et se parlant à lui-même) : « *On pourrait croire qu'elle m'a mis une muselière... mais j'ai toujours la gnac...* »

Ferruci (prenant la parole) : « *Normal... n'oublie pas que tu t'es placé en mode pitbull !* »

Serviano : « *Sérieusement Max, que comptes-tu faire maintenant ?* »

Langlois : « *Le dernier assassinat de Pascal Coggioni nous laisse entendre qu'Aline Gervois n'est pas seule dans ce dossier. Depuis le milieu de l'enquête, je sentais que c'était un duo qui était à la manœuvre. Jusqu'à peu, je croyais quand même que son complice de circonstance s'appelait Delcourt remplacé ensuite par un Coggioni plus solide mais force est de reconnaître que lui aussi s'est fait salement doubler...* »

Serviano : « *Peut-être que c'est Gervois elle-même qui conduisait le «4-4» ? Après avoir effectivement utilisé Coggioni pour faire disparaître Delcourt, elle a peut-être pensé qu'il valait mieux ne pas laisser un complice derrière elle... quelqu'un qui pouvait parler...* »

Langlois (perplexe) : « *Je reconnais que c'est une réelle possibilité mais je n'y crois pas vraiment... je pense que cette femme a mobilisé un autre bonhomme sur lequel elle pouvait avoir confiance et que forcément celui-ci n'était pas un enfant de chœur...* »

Serviano (intrigué) : « *A qui penses-tu ?* »

Langlois (comme d'habitude, ne répondant pas directement à la question) : « *D'abord, vous imaginez le « 4-4 » ? Pour commettre les dégâts qu'il a commis, c'était forcément pas un petit modèle. Mais pour conduire un monstre pareil, il ne faut pas mesurer 1m50. Or madame Gervois mesure, c'est sa carte d'identité qui le dit, 1m53... Ensuite, je vous fous mon billet que dans la soirée du 5 août 2019 au Plessis-Robinson, elle avait un alibi en béton. Je la cite par avance : « J'étais chez une amie ou j'étais en vacances ou j'étais de garde à l'hôpital de Meudon ou j'étais au club gay, vous pourrez le vérifier, on m'y a vu et j'ai consommé...* »

Serviano (par simple sens pratique) : « *Pourquoi alors tu ne lui demandes pas directement où elle était ?* »

Langlois (qui s'attendait à cette observation) : « *Parce que ce n'est pas si simple. Autant me poser la question de pourquoi je ne l'ai pas vu une seconde fois et que je ne l'ai pas poussée dans ses retranchements ? J'y réponds par avance (regardant Serviano et Ferruci) parce que je sais que c'est ce que vous voudriez que je fasse… Mais moi, Je vous donne mes raisons : parce que comme je viens de le dire, je n'ai strictement aucune preuve, que je ne veux pas qu'elle panique et qu'elle s'envole à l'étranger. Tant qu'elle n'est pas convoquée par la police, elle croit que cette dernière patauge et que celle-ci n'a aucune idée de la façon dont ça s'est passé…* »

Ferruci (prenant la parole pour la première fois) : « *Même si elle n'a rien touché, pourquoi malgré tout ne quitte-t-elle pas le pays ? Après tout, trois personnes sont déjà mortes. Elle peut quand même sentir que ça se rapproche…* »

Langlois (qui s'attendait une nouvelle fois à cette remarque) : « *Parce que ce n'est pas tout à fait la même chose d'être en fuite immédiatement ou de s'expatrier bien plus tard… La fuite, c'est signer son forfait !... L'expatriement tardif, c'est changer de vie volontairement si possible au soleil… Dans le 1er cas, tu as Interpol aux fesses très rapidement, dans le second, tu vis plus tranquillement un oubli progressif de l'affaire… et puis surtout on ne sait rien du 4ème homme. C'est peut-être lui qui bloque tout… allez savoir…* »

Serviano : « *Je repose donc ma question de tout à l'heure. S'il y a justement un quatrième bonhomme dans cette histoire, à qui penses-tu ?* »

Langlois : « *Dès lors que cela m'étonnerait beaucoup que cette femme fréquente le « milieu », je ne vois qu'une seule réponse à cette question : un mec du club !*

Serviano (soupirant) : « *Tu te rends compte Alex ! Autant chercher une aiguille dans une botte de foin* »

Ferruci (reprenant la parole) : « *Remarque, tu peux toujours redemander au videur de la boîte, le dénommé Henri…* »

Serviano : « *C'est pas con ça…* »

Langlois (avec toujours un coup d'avance sur les deux autres) : « *C'est pas con… mais je ne le ferai pas…* »

Serviano (surpris) : « *Et pourquoi donc cette fois-ci ?* »

Langlois : « *Parce que si c'est lui et que je l'interroge à ce sujet, nos deux assassins escrocs vont se sentir, pour le coup, obligés de se tailler vite fait hors de France et l'affaire sera beaucoup plus compliquée pour nous… car je ne peux les arrêter, d'autant qu'il y en a un qu'on ne connaît même pas. On n'a encore rien de tangible contre eux. Je vous rappelle qu'Héras n'a pas porté plainte…* »

Serviano : « *Il faudra que tu m'expliques comment tu veux t'y prendre alors ?* »

Langlois : « *Je pense que très discrètement je vais bientôt voir le dénommé « Loulou » le patron de la boîte pour m'expliquer avec lui et essayer de lui faire comprendre où est son intérêt* »

Ferruci (amusé) : « *Esperons que ce n'est pas lui le quatrième homme ?* »

Langlois (dans la même veine) : « *Ce serait marrant entre guillemets mais je ne vois pas ce genre de gars conduire un « 4-4 » et tout bousiller sur son passage. Mais effectivement après tout, dans cette affaire, sait-on jamais ? Disons que je prends un risque calculé…* »

Serviano : « *ok, Max… tu sembles savoir quel chemin prendre, c'est ton enquête après tout… je vais prévenir Granger par téléphone que le dossier a bien avancé et que tu as réduit les scénarios possibles… Il sera sans doute curieux de voir comment tout ça évolue…* ».

Comme les trois policiers se levaient de leur siège, marquant ainsi la fin de la réunion, l'inspecteur Ferruci rajouta quelque chose : « *Un dernier mot à propos de cette affaire, Max. J'ai noté au début de la réunion que tu laissais entendre que finalement, on n'aurait peut-être pas besoin de preuves… tu voulais dire quoi exactement ?* »

Langlois : « *Que nos deux suspects, dont l'un est déjà connu, sont pour l'instant prisonniers des deux ou trois crimes qu'ils ont commis. S'ils tentent de changer d'air, ils signent quelque part leur forfait et comme déjà dit on fera tout pour les retrouver, Interpol à l'appui. S'ils jouent la montre, ils me donnent le temps de les coincer d'une façon ou d'une autre… (en souriant) preuve(s) à l'appui naturellement…* »,

26) Du noir dans la nuit…

Après avoir pris rendez-vous avec « Loulou » le patron du « Rouge et Noir », ce fut le lundi 7 septembre 2020, en fin de matinée que les deux hommes se retrouvèrent dans son bureau plutôt voyant, à tendance psychédélique… Malgré ce décor particulier, l'inspecteur Langlois ne fut pas plus troublé que cela : 15 ans de métier au compteur, ça permet de voyager !... Il posa donc un certain nombre de questions très précises à celui qui pouvait éventuellement s'évérer être un relais intéressant.

Cette réunion dura une petite heure. A l'issue de celle-ci, qu'avait-il donc appris ? Finalement pas grand-chose... En dehors du patron, ils étaient une dizaine à travailler dans cet établissement. Il y avait bien sûr le déjà connu Henri, celui qui filtrait les entrées et qui pouvait également intervenir pour calmer certains clients trop énervés. Ceux notamment qui s'échauffaient quand l'alcool (ou autre chose) commençait à prendre le dessus sur tout le reste. Henri bénéficiait d'une espèce de double, susceptible de le remplacer quand il était absent ou quand il était ponctuellement occupé à calmer les ardeurs de certains. Celui-là s'appelait « Jean-Mi » et n'avait pas tout à fait le même physique qu'Henri. Il est vrai que ce dernier avait fait de la boxe dans sa jeunesse à la différence de « Jean-Mi » qui en était resté à une petite année lointaine de karaté... Il y avait également un comptable qui travaillait à mi-temps au profit de l'établissement. Cet homme - Jean-Louis - finalement ne parlait pratiquement qu'à celui en charge de l'économat, c'est-à-dire la personne qui s'occupait du ravitaillement général de la boîte.

Ce dernier travaillait lui à plein temps. Il y avait encore quatre personnes postées dans les trois bars de l'établissement. Un comptoir principal qui mobilisait deux employés et deux bars secondaires tenus chacun par un seul titulaire. Et pour finir, il y avait le technicien tout-terrain de l'établissement, celui qui devait faire en sorte que l'ensemble du système électrique tienne le coup durant toute la soirée et une bonne partie de la nuit. Au total, y compris « Loulou », ils étaient donc dix à œuvrer uniquement le soir cinq fois par semaine, à partir de 21 heures trente.

Etant entendu que l'établissement géré par « Loulou », composé uniquement d'hommes, restait fermé le lundi et le jeudi. Naturellement, dans ce face à face avec le patron de cette boîte de nuit, la seule chose qui intéressait l'inspecteur était quel pouvait être le parcours judiciaire de chaque membre du personnel. Malheureusement, les diverses réponses apportées par Loulou furent particulièrement décevantes. Selon ce dernier, il se faisait un devoir de ne prendre que des personnes « blanches comme neige » sans mauvais jeux de mots. Le gérant ayant quand même eu l'honnêteté de préciser que l'un de ses barmen - Pierre Caradec – avait eu des ennuis dans le passé avec la police. Le motif ? Il vendait de la cocaïne dans certains quartiers huppés de la capitale. Dénoncé par une équipe concurrente, il avait fait quinze jours de préventive qui l'avait semble-t-il calmé. A la question *« Est ce que ces différentes personnes ont pu avoir des relations particulières avec la relative habituée qu'était Aline Gervois ? »* le dénommé « Loulou » répondit *« Écoutez mon cher, je suis bien dans l'incapacité de vous répondre précisément. Il vous faudra encore revenir demain soir vers 20 heures 30 pour en parler avec Henri, Jean-Mi et les quatre barmen. Eux seuls pourront vous donner des renseignements précis sur les allées et venues de cette petite dame »*.

Un rendez-vous informel que Langlois ne refusa pas. Et de fait, le lendemain mardi 8 septembre, il se présenta de nouveau en soirée à la boîte de nuit pour entendre le point de vue de chacun. Au bout de trois quarts d'heure de conversations avec ces différentes personnes, il en sortit assez largement perplexe. Les barmen plus Henri et Jean-Mi lui confirmèrent qu'ils avaient bien identifié la personne dont on parlait, mais tous précisèrent également qu'on la voyait de moins en moins – désormais une à deux fois par mois - et qu'elle restait seule la plupart du temps, perdue soit dans des rêveries personnelles que l'alcool contribuait à maintenir plus ou moins, soit dans une espèce d'abattement général ne laissant rien présager de bon à moyen terme. On avait l'impression qu'elle buvait pour se changer les idées dans l'attente de quelque chose d'imprécis. Par ailleurs, quand un homme l'abordait Gervois se montrait finalement si peu engageante que ce dernier n'insistait en général pas très longtemps. D'autant qu'elle n'avait guère de choix ! Dans cet établissement ciblé, l'orientation sexuelle des clients nouveaux ou anciens était clairement définie. Bref, si Langlois avait espéré savoir qui pouvait bien être son dernier complice dans le chantage fait à Héras il y a plus d'un an désormais, on ne pouvait pas dire que son entreprise en la matière avait été couronnée de succès. Aussi, après cette visite, à la question que lui posa le commissaire Serviano quant à l'existence potentielle d'un quatrième homme issu de la boîte de nuit, Langlois répondit d'un ton morne : « *Echec total patron, actuellement, cette femme est seule, en pleine déprime et n'est de toute évidence pas en mesure de nous mettre sur une quelconque piste de par son comportement et ses fréquentations… à moins que…* ».

27) Regain...

« *À moins que quoi ?...* » avait enchaîné un poil énervé le commissaire. Et l'inspecteur Langlois de laisser tomber l'une de ses petites phrases inattendues n'appartenant qu'à lui « *... à moins qu'on lui ait impérativement demandé de rester...* »

Serviano : « *Tu penses au quatrième larron de l'histoire ?* »

Langlois (sûr de son effet final) : « *Sur la base des documents que nous a transmis la comptabilité d'Héras, on a vérifié qu'il a bien fait les trois virements d'un million d'euros chacun sur son nouveau compte personnel ouvert aux Bahamas... mais il nous est impossible actuellement, du moins pour l'instant, de vérifier quelles éventuelles opérations internes il aurait pu faire par la suite. Les Bahamas sont un archipel indépendant. Des opérations de banque internes ne regardent donc personne que les clients de cet établissement. Autrement dit, Gervois a peut-être réussi son coup grâce à la façon dont Héras a opéré... mais « on » lui aurait demandé de ne plus bouger...* »

Serviano (ouvrant les yeux et déstabilisé) : « *Mais, tu es sûr de ça ?...* »

Langlois : « *Oui... il y a une quinzaine de jours si vous vous en souvenez, j'ai saisi Tracfin[3] dans l'opération d'Héras. Et je viens d'avoir la réponse. Ils m'ont confirmé que les comptables d'Héras ont bien fait des virements de fonds à partir d'un compte « offshore » qu'il détenait dans une banque du Panamà, vers son nouveau compte également « offshore » ouvert aux Bahamas.*

---

[3] Traitement du Renseignement et Actions contre les Circuits Financiers, service des ministères économiques et financiers saisis soit par ces deux entités, soit par la Justice, soit par la Police

Une fois que les fonds sont sur ce dernier compte, il peut faire un virement vers un autre compte de la même banque de façon parfaitement légale et peu importe si le compte ouvert par le couple Mendoza est suspect. Tracfin ne peut aller plus loin...»

Serviano (en fronçant les sourcils) : « *Mais dans ce cas-là, si tu penses qu'Héras a quand même peut-être payé une rançon il faut le pousser dans ses retranchements. Mentir à la police... c'est déjà un délit !* »

Langlois : «*C'est vrai, on peut l'embêter là-dessus. Mais selon moi sa ligne de défense est toute trouvée. Je vous la résume : 1) J'ai gagné du temps pour voir ce qu'ils allaient faire 2) J'ai fait des mouvements de fonds aux Bahamas pour me tenir prêt au cas où... 3) Depuis j'attends que ces malfrats se remanifestent, ce qu'ils n'ont pas fait... 4) Je signale par ailleurs à la police que je n'ai pas porté plainte donc je ne vous demande rien 5) Enfin, cette façon de faire m'a à la fois permis de gagner du temps et de négocier aux E-U sans avoir une épée de Damoclès au-dessus de la tête... jusqu'à ce que les négociations actuelles s'achèvent...* »

Serviano : « *Dont acte, Max, ça se tient effectivement. Mais pourquoi dans ces conditions as-tu été perdre ton temps dans la boîte de nuit ?* »

Langlois (comme d'habitude s'attendant à la réflexion de son supérieur) : « *Parce que selon moi Pascal Coggioni, en liaison avec Gervois, a d'abord éliminé Delcourt avant que lui-même ne soit tué par un quatrième personnage que nous ne connaissons toujours pas... en tout cas qui n'est ni Kowalski ni Verhoeven... En me rendant au club de Meudon, j'ai simplement voulu vérifier que ça ne pouvait pas être un client de rencontre qui avait fait connaissance à l'époque* d'Aline Gervois. La détresse actuelle de celle-ci, que l'on m'a bien décrite sur place, m'a éclairé de ce point de vue… »

Serviano : « *Malgré tout, du coup, on n'a pas beaucoup avancé. On sait juste désormais qu'Héras a fait mumuse avec ses propres comptes, qu'il a peut-être payé quelque chose en définitive et que peut-être encore Coggioni a éliminé Delcourt avant qu'un inconnu l'ait peut-être lui-même percuté à mort. En fait, cela fait beaucoup de « peut-être » et notre problème originel reste finalement entier. Il s'est juste déplacé… et ça ce n'est pas « peut-être »*

Langlois (sérieux) : « *C'est pas tout à fait exact, patron. Cette après-midi, j'ai enfin reçu une bonne nouvelle… si l'on peut dire d'ailleurs…* »

Serviano : « *Allons bon, qu'as-tu encore déniché ?…* »

Langlois : « *Hé bien, vous vous rappelez il y a trois jours quand j'ai demandé à Manko d'aller voir les loueurs de véhicules au Plessis-Robinson* »

Serviano (intéressé) : « *Ça a donné quelque chose ça ?* »

Langlois : « *Hé oui, Coggioni a bien loué une camionnette blanche le lundi 29 juillet 2019, la veille du crime sur Delcourt ? Rappelez-vous, le compte-rendu de nos collègues de Meudon faisant état d'un véhicule de ce type et de cette couleur, garé pas loin du domicile de Delcourt…* »

Serviano : « *C'est incontestablement un indice sérieux mais ce n'est pas une preuve intangible. Des camionnettes blanches, il y en a forcément beaucoup en région parisienne…* (après un temps) *si encore, le témoin de Meudon avait relevé la plaque…*»

Langlois : « *C'est sûr que ça ne tient pas la route aux Assises, mais dès lors que Coggioni a été assassiné quatre jours plus tard, cette info est davantage utile pour présumer que le but final d'Héras était d'abord de ne pas payer de rançon… ensuite de faire en sorte que la police croit qu'il ne s'était pas exécuté tout en ne portant pas plainte… puis faire en sorte d'éviter quand même qu'un Delcourt ou qu'un Coggioni transmette malgré tout copie de la lettre de la fille Coggioni à la presse ou à un concurrent.* (réfléchissant un peu avant de continuer)… *Ah, au fait, nos experts ont bien confirmé que la lettre de cette dernière était effectivement écrite de sa main…* »

Serviano : « *Enfin une certitude !…* »

Langlois : « *Pensez-vous patron… Vous rappelez vous pourquoi Gervois a voulu faire connaissance de Pascal Coggioni alors qu'ils étaient déjà deux sur le coup : Delcour et elle-même ?* »

Serviano : « *Pour lui faire jouer le rôle de l'assureur bidon recherchant un client disparu, du nom de Delcourt, et faire porter ainsi le chapeau de cette recherche à Verhoeven…* »

Langlois : « *C'est tout à fait exact, patron… mais c'est aussi parce que seul Pascal Coggioni pouvait photographier en douce le dernier mot d'adieu d'Annie à ses parents… permettant ainsi à la bande de posséder un modèle pour que Delcourt puisse imiter son écriture dans la lettre de demande de rançon adressée à Jean Héras. Tout ceci au cas où celui-ci ferait vérifier a posteriori la réalité du document transmis support de la demande de rançon…* »

Serviano : « *Ok Max. Tu as fait du bon boulot… mais du coup, comme je l'ai dit tout à l'heure. Le problème s'est simplement déplacé. Que vas-tu faire pour terminer ton enquête* »

Langlois : « *Hé bien maintenant, et depuis le temps que ces évènements ont eu lieu, je pense que Gervois ne s'envolera plus aux Bahamas. Soit il n'y a que du vide sur le compte du prête-nom Mendoza, soit c'est le quatrième larron qui a touché un petit ou gros pactole qu'il ne veut visiblement pas partager avec qui que ce soit…* »

Serviano : « *Tu retournes la voir à Meudon ?* »

Langlois : « *Hé non, ce serait trop dangereux pour elle si « on » s'apercevait qu'elle intéresse de nouveau la police. Si vous en êtes d'accord patron, on va discrètement la convoquer à Saint-Germain. On l'accueillera tous les trois. Rien que de voir la tête de Domi, ça devrait la faire flipper…* »

Serviano : « *Ok, Max… un dernier mot quand même… tu n'as toujours pas idée de qui c'est le quatrième larron ?* »

Langlois (faisant la grimace) : « *Sincèrement non… quelqu'un de l'entourage d'Héras je suppose. Mais je pense quand même que madame Gervois devrait pouvoir nous aider à ce sujet…* »

Serviano : « *Attention, Max… pas de troc du genre : « On efface votre probable culpabilité sur le faux suicide d'Alain Héras contre le nom du quatrième homme »…* »

Langlois : « *Faites moi confiance, patron, d'autant qu'on sera trois à la cuisiner. Donc, vous entendrez par définition tout ce que je dis… j'ai vraiment pas envie de me retrouver à la circulation…* »

28) La première heure de vérité

Pour faire venir madame Gervois à Saint-Germain sans trop l'inquiéter elle-même de cette « invitation » tardive l'inspecteur Langlois l'avait ménagée au téléphone. Au plan pratique, on avait choisi le samedi 12 septembre 2020, jour où elle n'était pas de garde à l'hôpital. « L'invitation » commençait à 14 heures, heure à laquelle on fit entrer madame Gervois dans le bureau volontairement mal éclairé du commissaire Serviano. Naturellement lorsqu'elle pénétra dans cette pièce peu engageante, accompagnée d'un agent auxiliaire de police, madame Gervois eut un pincement au cœur. Alors qu'elle s'attendait à n'être reçue que par l'inspecteur Langlois, la vue de ces trois policiers en civil la fit frissonner d'appréhension. Ce fut le commissaire Serviano qui prit la parole le premier.

Serviano : « *Bonjour madame Gervois. Je m'appelle Pierre Serviano et je suis le commissaire de police de Saint-Germain. Je vous présente mes deux collègues inspecteurs qui m'assistent dans nos diverses missions de police. L'inspecteur Langlois qui vous a déjà rendu visite il y a quelques mois et l'inspecteur Ferruci qui s'est également intéressé à cette histoire de disparition d'un de vos anciens amis, monsieur Michel Delcourt* »

Mme Gervois (en saluant les trois policiers d'un léger hochement de tête) : « *Ami très marginal, je préfère rectifier tout de suite. Depuis avril l'avez-vous retrouvé ?... * »

Serviano : « *Oui, en fait nous l'avions identifié dès la fin février de cette année, à moitié enseveli dans un bas-côté d'une allée de promeneur dans la forêt de Saint-Germain...* »

Mme Gervois (feignant la surprise) : « *Mon dieu… il est mort alors…* »

Serviano (ne relevant pas ce truisme) : « *Compte tenu des éléments anatomiques étudiés sur le cadavre de cette personne par des experts du service médico-légal, la date de sa mort a été estimée dans une fourchette d'une seule quinzaine, plutôt entre fin juillet et début août 2019…* »

Mme Gervois (déjà énervée et accélérant l'interrogatoire) : « *Très bien mais pouvez-vous m'expliquer monsieur le commissaire pourquoi je me retrouve devant vous cette après-midi ?…* »

Serviano : « *Madame Gervois, vous avez raison. Nous n'allons pas tergiverser trop longtemps. En 2019, vous vous êtes retrouvée en contact avec trois hommes qui depuis sont morts : monsieur Alain Héras qui se serait suicidé en mars 2019, monsieur Delcourt qui a donc été assassiné fin juillet 2019 et monsieur Coggioni qui lui a été volontairement percuté par un gros véhicule «4-4» début août 2019. Décidément, à l'été 2019, vous n'avez pas porté chance à vos amis !* »

Mme Gervois : « *Je ne suis déjà pas d'accord avec votre présentation, monsieur le commissaire. Le seul homme que j'ai bien connu c'était monsieur Alain Héras. Il était dépressif et a fini effectivement par se suicider, c'est un fait d'ailleurs validé par la police de Meudon. Il n'est pas nécessaire de rajouter du conditionnel à ce drame. Au contraire, je peux rajouter que si je n'avais pas été là, il se serait suicidé sans doute bien plus tôt, en octobre ou novembre 2018. Monsieur Coggioni ? j'ai connu son existence par monsieur Héras. C'était le frère cadet d'une jeune fille – Annie Coggioni – dont monsieur Héras était le confident il y a de cela très longtemps. Vous m'annoncez qu'il s'est fait percuter par un chauffard !*

C'est très regrettable pour lui et sa famille mais je ne l'ai pas connu personnellement donc je n'y suis vraiment pour rien… quant à monsieur Delcourt, c'est encore plus fou. Lui, je l'ai bien connu au club de Meudon, c'est vrai… mais simplement parce qu'il était l'ami d'Alain Héras avec qui j'ai tout de suite sympathisé. Je n'aimais pas beaucoup ce Delcourt que je trouvais malsain par bien des côtés. Aussi, lorsque ce dernier a quitté monsieur Héras, fin septembre 2018, on ne l'a plus revu sauf quelques rares fois où il ne venait d'ailleurs même pas nous saluer. On peut toujours dire que je le connaissais mais comme on dit parfois, ce n'était vraiment pas un intime… »

Langlois (prenant la parole pour la première fois) : « *Madame Gervois, resserrons le débat s'il vous plait. Début avril de cette année, vous m'avez quand même dit certaines choses…* (prenant un petit carnet) *je vous cite… Alain Héras aurait détenu une lettre d'Annie Coggioni, la petite amie de l'époque du frère cadet des Héras, prénommé Jean, une lettre dans laquelle elle lui annonçait son prochain suicide, c'est bien ça ?* »

Mme Gervois (en haussant les épaules) : « *Oui, il m'avait parlé d'une lettre d'adieu de cette jeune fille, une lettre qui transmise à la presse pouvait peut-être gêner aux entournures le dénommé Jean Héras qui était à l'époque en pourparlers d'affaires à l'étranger… mais si vous vous souvenez de notre entretien, je vous avais dit deux choses à l'époque : Un) Je trouvais cette idée stupide deux) de toute façon plus personne ne m'avait reparlé de cette lettre par la suite, ni Alain Héras, ni encore moins Michel Delcourt que je ne voyais plus… »*

Langlois : « *Savez-vous que monsieur Jean Héras a reçu pourtant fin juin et début juillet 2019, par l'intermédiaire de ses gardes du corps, une demande de rançon de dix millions d'euros ?* »

Mme Gervois : « *Non, je l'ignorais…* »

Langlois : « *Pour encourager monsieur Héras à payer cette somme, on lui a effectivement transmis début juillet 2019 un second envoi à l'intérieur duquel se trouvait la copie de la fameuse lettre d'Annie Coggioni… une lettre que des experts graphologues ont bien validée comme étant de sa main…* »

Mme Gervois : « *Si vous le dites, c'est que ça doit être vrai… mais en quoi ça me concerne ?* »

Langlois (un peu agacé) : « *He bien, voyez-vous madame, il ne nous paraît pas crédible que vous ayez été là au début de l'affaire, quand vous avez fait connaissance à la fois de messieurs Alain Héras et Michel Delcourt, que vous avez été encore présente quand monsieur Alain Héras s'est confié à vous, que vous avez toujours été là quand il s'est suicidé et que vous avez été encore et toujours là quand la police a compris que monsieur Pascal Coggioni qui connaissant monsieur Delcourt n'avait pas été victime d'un banal accident de la route mais bien d'un assassinat… Or qui avait pu mettre Delcourt et Coggioni en relation sinon vous -même ?* »

Mme Gervois (un peu déstabilisé) : « *Je vous ai pourtant dit que je ne connaissais pas monsieur Coggioni… Je vais donc me répéter. Selon moi, monsieur Delcourt a voulu faire chanter monsieur Jean Héras et il s'est visiblement acoquiné avec Pascal Coggioni, dont il a connu l'existence par Alain Héras et non pas par moi, parce qu'il avait probablement besoin de lui … vous me dites que tout ceci s'est passé à l'été 2019 … mais moi, j'avais perdu de vue monsieur Delcourt depuis longtemps, depuis fin septembre 2018 précisément quand il a quitté sans ménagement monsieur Alain Héras… après, qu'est-ce qu'ont fabriqué messieurs Delcourt et Coggioni pour selon vous essayer de rançonner monsieur Jean Héras, je n'en sais strictement rien au motif qu'ils se sont bien gardés de me mettre dans la confidence... »*

Langlois : « *madame Gervois... votre ligne de défense se tient un peu mais soyez raisonnable... ne nous obligez pas à passer par Interpol et les services consulaires existants malgré tout entre les Bahamas et la France. Tôt ou tard, nous saurons à quel(s) vrai(s) nom(s) ont été crées un compte anonyme en juin ou juillet 2019 dans l'International Bank of the Bahamas... c'est juste une question de quelques jours, de quelques semaines tout au plus... et je vous précise que pour l'instant ce compte anonyme est ouvert au nom d'un homme.... et d'une femme ! »*

Serviano (enchaînant et selon une technique éprouvée de la police qui appuie là où ça fait mal) : « *Madame Gervois, vous avez même objectivement intérêt à travailler avec nous. Pour l'instant, nous savons que vous n'avez rien touché car monsieur Héras n'a finalement pas payé le moindre euro dans cette affaire. C'est d'ailleurs la raison pour laquelle il n'a même pas porté plainte... mais tôt ou tard, les meurtriers de Delcourt et de Coggioni sauront que la police s'intéresse à vous. A ce moment-là, cette même police ne pourra pas vous protéger de cette bande puisque vous niez avoir eu le moindre rôle dans cette affaire... »*

Mme Gervois (apparemment déstabilisée par ces deux arguments objectivement vrais, mais après avoir quand même hésité quelques instants) : « *... Écoutez, je reconnais ma participation dans la tentative d'extorsion de fonds à Jean Héras, mais effectivement je n'ai rien compris par la suite au déchaînement de violence qui a eu lieu entre messieurs Delcourt et Coggioni.*

Ou plus exactement, comme ils étaient financièrement au bout du rouleau tous les deux – ce que je n'avais pas bien mesuré au début – il y a eu une guerre de cupidité entre eux. Le compte ouvert aux Bahamas a bien été créé d'abord au nom de M et Mme Mendoza Javier et Rosana, faux noms de monsieur Delcourt et de moi-même. Dans le plan initial monté par Delcourt je m'empresse de le dire, sur les dix millions il devait en toucher sept et moi trois. Delcourt devant rétrocéder ultérieurement un million à Coggioni pour le rétribuer de son aide. Fin juillet 2019, ce dernier a voulu un million de plus parce qu'il estimait qu'il avait bien participé à cette histoire en fournissant un exemplaire d'écriture de sa sœur et en se déguisant en agent d'assurances pour orienter les soupçons de la police vers monsieur Veroeheven, l'un des gardes du corps de monsieur Héras… »

Langlois : (accélérant le débat) : « *Comment s'y est pris Coggioni pour tuer Delcourt ?* »

Mme Gervois (d'un ton sincère) : « *Mais je n'en sais rien… moi je suivais juste le plan, Depuis le 20 juillet 2019, tous les jours, je consultais sur internet notre compte aux Bahamas pour savoir si Jean Héras l'avait alimenté. Dans la seconde lettre qu'on lui avait fait parvenir via Kowalski, on lui laissait jusqu'au 31 juillet pour payer. C'était pour nous une date butoir. Nous étions persuadés qu'il paierait pour au moins trois raisons : 1) la lettre d'Annie Coggioni était vraie et pathétique 2) Ses négociations selon la presse spécialisée étaient à ce moment précis difficiles 3) Dix millions ne représentaient pas une si grosse somme pour lui… mais le jour J, le 31 juillet 2019 en fin d'après-midi, j'ai appelé Delcourt pour lui dire qu'on n'avait toujours rien reçu. Il ne m'a pas répondu… après quelques essais infructueux, j'ai appelé Pascal Coggioni.*

Lui non plus ne m'a pas répondu tout de suite. Il m'a rappelé un peu plus tard, en soirée... » (Madame Gervois au bord des larmes s'arrêtant alors de parler)

Serviano (pour l'encourager) : « *On vous écoute, madame... on se doute bien que tout ceci n'est pas facile à sortir...* »

Mme Gervois : « *Il était vraiment très énervé, presque dans un état second. Il m'a dit qu'il s'était rendu dans la matinée du 30 juillet chez Delcourt pour renégocier le montant de sa part. Ce dernier aurait refusé de le faire ou plus exactement lui aurait dit : « On verra ça plus tard quand nous aurons réellement touché les dix millions. Pour l'instant, on attend... ». Pascal se serait alors énervé et lui aurait tapé dessus avant de l'étrangler. Il faut dire qu'il y en avait un qui mesurait 1m90 et qui pesait trente kilos de plus que l'autre* »

Serviano : « *Madame Gervois, si j'en crois votre déposition, monsieur Coggioni aurait donc tué monsieur Delcourt le mardi 30 juillet en matinée. Or monsieur Coggioni a été percuté le lundi 5 août en soirée, soit six jours après le meurtre de monsieur Delcourt. Que s'est-il donc passé pendant ces six jours entre monsieur Coggioni et vous-même ?* »

Mme Gervois : « *On s'est téléphoné tous les jours. On voyait bien que les fonds n'arrivaient pas. On ne savait plus trop quoi faire. On n'a jamais eu réellement l'intention de transmettre la lettre d'Annie Coggioni à la presse. Ça ne nous apportait rien ... on s'est raccroché à l'idée que devant cette menace croissante, Héras allait enfin se décider à payer.... Peut-être aussi qu'on aurait pu penser à vendre cette fâcheuse lettre à l'un des concurrents français ou étranger d'Héras, mais sur le coup, on n'y a pas pensé... de toute façon on ne connaissait pas ce milieu. Bref, on a tergiversé quelques jours jusqu'à ce que Coggioni devienne injoignable lui-même...* »

Langlois : « *Qu'avez-vous pensé alors ?* »

Mme Gervois (presque tremblante) : « *Que j'étais moi-même en sursis… j'ai même envisagé de partir de France en catastrophe. Pendant 24 heures, j'ai rasé les murs… puis trois ou quatre jours après la mort de Coggioni, j'ai reçu un mot dans ma boîte aux lettres. Un mot que j'ai apporté à votre attention car je me doutais bien que cette histoire de compte anonyme à l'étranger me rattraperait… et puis, j'en ai marre de tout ça…)* »

Serviano (tout en récupérant la lettre de madame Gervois) : « *Si Monsieur Héras avait payé, et dès lors qu'il n'avait pas porté plainte, ça pouvait marcher votre combine… mais Delcourt et Coggioni ont été retrouvés morts et du coup, cette affaire n'est plus une simple affaire crapuleuse mais une affaire de double sinon triple homicide … voyons ce qu'on vous a écrit… vous avez reçu ça quand ?* »

Mme Gervois (en mode petite fille) : « *Quelques jours après la mort de Pascal Coggioni, le 10 août 2019 je crois* »

Serviano (lisant à haute voix un texte non daté rédigé à partir une nouvelle fois de lettres tirées d'un journal ou d'un magazine) :

« *Madame Gervois. Vous êtes la rescapée d'une tentative d'escroquerie à l'endroit de monsieur Héras. Cette tentative a échoué. Pour la bonne fin de cette histoire et afin que le sang s'arrête de couler, nous vous invitons à rester en France, du moins pendant au moins trois ans. A priori, personne ne sait ce que monsieur Coggioni a fait du corps de monsieur Delcourt. Cette histoire devrait donc rester une énigme pour la police. Si malgré tout, celle-ci devait un jour vous interroger à son propos, restez évasive sinon vous mettrez de nouveau votre vie en danger…* »

Mme Gervois (après lecture du document) : « *Vous comprenez mieux pourquoi j'ai hésité à collaborer avec vous… j'espère d'ailleurs qu'ils ne vont pas s'en apercevoir sinon ce sera mon tour…* »

Langlois (perplexe devant le tour pris par l'affaire) : « *Je ne crois pas, madame Gervois. Monsieur Héras n'a a priori rien payé et n'a pas porté plainte tandis que son frère se serait suicidé et que monsieur Delcourt est mort ainsi que monsieur Coggioni* »

Mme Gervois (soudain inquiète) : « *Qu'allez vous faire de moi ?* »

Serviano : « *Déjà, on va vous faire signer un document reprenant tout ce qui vient d'être dit aujourd'hui dans ce bureau sachant que monsieur Ferruci ici présent a enregistré toutes vos déclarations. Ensuite, on va vous mettre en examen pour tentative d'escroquerie… monsieur Langlois va en conséquence vous ramener chez vous pour que vous puissiez prendre quelques effets personnels et que vous rangiez un peu votre domicile avant de revenir à Saint-Germain. Concernant la durée de cette garde à vue, elle est normalement de 24 heures, éventuellement prorogeable. Vous pourrez naturellement vous faire assister d'un avocat. La suite judiciaire qui sera donnée à cette garde à vue ressort de la compétence du juge d'instruction en charge de cette affaire. C'est tout ce que je peux vous dire à ce stade de l'enquête* ».

29) La dernière inconnue

Malgré le relatif bon résultat déjà obtenu par la police de Saint-Germain dans cette lourde affaire ayant déjà entrainé deux morts sinon un troisième, il n'en restait pas moins que la dernière information que venait de communiquer madame Gervois remettait le milieu sulfureux de la multinationale « Héras » sur le devant de la scène. Il semblait donc à l'origine que le grand patron avait finalement jugé inquiétant qu'un document aussi compromettant pour lui se trouve entre des mains étrangères. Faute de pouvoir le récupérer directement ou de le racheter – ce qui pénalement constituait déjà un délit objectif - il aurait donc donné des ordres pour qu'une de ses équipes fasse le ménage afin d'interrompre cette « menace » planante. Une menace d'ailleurs - c'était objectivement vrai - qui pouvait être revendue ultérieurement à l'un de ses féroces concurrents directs.

Faire cesser définitivement ce processus délétère avait donc été apparemment décidé. Voilà pourquoi et de leur point de vue, il était urgent de laisser en vie Aline Gervois. Elle constituait le fusible idéal pour que la police n'aille pas plus loin dans son enquête. L'inspecteur Langlois y avait naturellement pensé. Car après tout, en y réfléchissant bien, il était totalement impossible de savoir, à moins d'aveux spontanés bien improbables, si madame Gervois avait empoisonné ou non Alain Héras. On ne pouvait pas savoir non plus si madame Gervois avait demandé ou non à Pascal Coggioni de tuer Michel Delcourt. On ne pouvait pas savoir enfin si madame Gervois voulait en définitive partir à l'étranger avec Delcourt ou Coggioni ou bien sans l'un ni l'autre. Bref, elle constituait la coupable idéale, le « deus ex machina » de cette obscure tentative d'extorsion de fonds. Mais une fois que l'on avait pensé cela, et après en avoir informé le juge d'instruction qui avait donné son accord pour prolonger l'enquête préliminaire, quelle direction la police devait-elle désormais privilégier ?

Pour l'inspecteur Langlois deux pistes s'offraient à lui. Une piste s'intéressant aux hommes. Une seconde piste s'intéressant cette fois-ci au moyen. Concernant la première d'entre elles, puisqu'il avait été établi que ni Kowalski, alors aux Etats-Unis, ni Verhoeven lui-même parti le rejoindre le samedi 3 aout 2019 n'avaient pu matériellement écraser Coggioni le lundi suivant, il ne restait plus qu'à identifier son meurtrier ? La police avait épluché tout le staff français du groupe Héras. La quasi-totalité des hommes et des femmes le constituant étaient des personnes qui avaient fait de solides études supérieures et qui n'avaient jamais eu « maille à partir » ni avec la police, ni avec la justice.

Il y avait cependant un petit hiatus. Celui constitué par la Direction de la sécurité. Si l'on examinait un peu plus en détail l'organigramme de la société, on observait une Direction générale dans ce domaine, elle-même divisée en deux sous-entités : la « Direction de la sécurité extérieure » constituée principalement des deux gardes du corps d'Héras et d'un secrétariat rattaché à ces deux hommes et la « Direction de la s&curité intérieure » comprenant davantage de personnes. Les profils de ces dernières n'étaient pas à priori inquiétants. La police de Saint-Germain n'avait cependant pas fait dans le détail.

Toute la fin du mois de septembre 2020 et sous l'autorité de l'inspecteur Langlois, une équipe interne à Saint-Germain avait épluché les CV de chacun de ces hommes travaillants donc à la sécurité intérieure. Pour quel résultat final ? Difficile d'être vraiment satisfait. Sur la vingtaine de personnes concernées, il y avait effectivement trois agents qui avaient eu de réels problèmes avec la police mais pour des délits relativement mineurs. Pouvaient-ils avoir été mobilisés par le directeur de la sécurité intérieure pour renverser Coggioni, cela paraissait très peu probable ! Le groupe n'allait pas se mettre en porte-à-faux avec un sous-fifre risquant à tout moment de trop parler ou même de démissionner. Restait le patron lui-même de la sécurité intérieure : monsieur Jean-Pierre Berthier. A priori, lui non plus n'avait pas le profil d'un tueur. Cependant, renverser quelqu'un avec un gros « 4-4 » à la nuit tombante, cela pouvait peut-être faire taire quelques scrupules, surtout si une belle prime en liquide venait améliorer l'ordinaire de cet homme pourtant largement à l'abri du besoin.

L'inspecteur Langlois avait donc persévéré et tiré ce fil jusqu'au maximum possible. Il avait fait relever les adresses personnelles de chacun des employés de ce service pour que l'on puisse vérifier auprès des sociétés de location de véhicules autour de leurs lieux d'habitation si à l'été 2019 l'une de ces personnes, y compris le directeur, leur avait loué le fameux « 4-4 » noir vu au Plessis-Robinson. Le résultat ne fut guère concluant. Une location de ce type de véhicule coûtant très cher, peu de personnes finalement s'y adonnent, surtout début août. Cette piste fut donc une nouvelle fois un échec.

Et cette fois-ci, l'inspecteur Langlois n'avait plus trop d'idées pour faire rebondir son dossier. Retourner voir Jean Héras pour lui exhiber le papier menaçant qu'aurait reçu Gervois après la mort de Coggioni n'avait guère de sens. Ce document ne valait strictement rien aux yeux de la justice dès lors qu'on n'en connaissait pas l'auteur. Il pouvait avoir été « construit » par n'importe qui y compris par Aline Gervois, même si ce n'était pas le plus probable. D'un commun accord avec le commissaire Serviano, l'inspecteur Langlois commença à rendre les armes.

Langlois : « *Je crois patron qu'il faut se rendre à l'évidence. Nous ne saurons jamais exactement qui a tiré les vraies ficelles de cette affaire. Jean Héras ? l'un de ses proches ? Gervois ? Delcourt jusqu'à son assassinat, Coggioni jusqu'à son fatal accident ? Bref, à court terme le pitbull rentre à la niche... je vous propose de demander à Granger de laisser ouvert le dossier jusqu'à la fin décembre 2020. On ne sait jamais... un miracle peut se produire... je peux encore avoir un éclair dans cette affaire...* »

Serviano : « *Je t'ai dit que la petite Gervois était rentrée chez elle, en attendant la date de son procès en correctionnel qui aura lieu je ne sais pas trop quand ?...* »

Langlois : « *C'est normal. Petite tentative d'escroquerie qui n'a pas réussi... pas concernée apparemment par les deux crimes avérés. Pas de preuves qu'elle a « suicidé » son ami Alain Héras... avec un bon avocat, elle peut s'en tirer avec pas grand-chose... un vague rappel à la loi...* »

30) Confession pré posthume

Au cours de la matinée du mercredi 7 octobre 2020, dans le commissariat de Saint-Germain, l'inspecteur Ferruci tendit à son collègue Langlois le combiné du téléphone.

Ferruci : « *Quelqu'un veut te parler… d'après ce qu'elle m'a dit il s'agirait de madame Coggioni mère…* »

Langlois (surpris et intrigué) : « *Oui, je vous écoute madame…* »

Mme Coggioni : « *Bonjour monsieur Langlois. Madame Coggioni à l'appareil. Pouvez-vous passer nous voir dès que possible. Nous avons une information importante à vous communiquer…* »

Langlois : « *En relation avec la mort de votre fils ?* »

Mme Coggioni : « *Hélas…oui* »

Rapidement car sentant que tout ceci sentait le coup de théâtre, l'inspecteur Langlois se rendit à Mennecy pour sa troisième et probablement dernière visite. Une fois sur place, où l'attendaient monsieur et madame Coggioni, un dialogue hallucinant put commencer.

Langlois (l'air interrogatif) : « *madame, monsieur, Je vous écoute* »

Mme Coggioni : « *Il faut préalablement vous dire monsieur l'inspecteur que chez nous, en Corse, nous avons un sens aigu des symboles et des traditions. Ainsi, en dehors de faire régulièrement la poussière, nous avons laissé intacte la chambre de notre fille, morte pourtant il y a fort longtemps. De la même façon, nous avons laissé telle qu'elle celle de Pascal, du moins ses principaux meubles.*

La maison était assez grande pour que nous laissions ces deux pièces en l'état… des pièces dans lesquelles planaient tous les souvenirs que nous avions de nos deux enfants… »

Langlois (devançant madame Coggioni) : « *Vous avez retrouvé quelque chose dans la chambre de votre fils ou de votre fille ?* »

Mme Coggioni (les yeux embués de larmes) : « *Dans la chambre de Pascal… oui… en fait, nous l'avons trouvée il y a déjà une bonne semaine mais nous avons beaucoup hésité avant de vous en parler…* »

Langlois (cachant difficilement sa fébrilité) : « *Quelque chose en relation avec l'affaire Héras ?* »

M. Coggioni (prenant la parole pour la première fois) : « *Oui, bien que vous vous soyez montré à chaque fois plutôt discret, la deuxième fois que vous êtes venus chez nous, vos propos nous ont intrigué mon épouse et moi. Vos drôles de questions à propos de notre fils étaient plutôt bizarres. On s'est souvenu également de votre première visite. En fait, ce jour-là vous ne veniez pas pour avoir des renseignements sur Alain Héras mais plutôt sur Jean Héras, son frère cadet. Alors, nous aussi, on s'est intéressé davantage à cette affaire qui a été traitée par intermittence dans la presse parisienne* »

Langlois : « *Et alors ?* ».

M Coggioni (poursuivant) : « *Assez rapidement, on a compris que Pascal faisait hélas probablement partie de la bande de malfrats qui a tenté de rançonner Jean Héras. C'est bien cela ?... »*

Langlois (ménageant encore le couple) : « *Disons qu'il avait fait connaissance d'une personne – une femme – qui effectivement voulait faire chanter monsieur Héras…* »

M Coggioni (calmement) : « *Vous pouvez dire son nom, monsieur l'inspecteur. Car nous savons aujourd'hui de source sure qu'elle s'appelle Aline Gervois...* »

Langlois (interrogatif) : « *Ils ont donné son nom dans la presse ?* »

Mme Coggioni (reprenant la parole) : « *Ça, on ne sait pas... mais nous, nous le savons... car nous avons écouté un enregistrement pré-posthume de Pascal...* »

Langlois : « *Pardon ?* »

M Coggioni : « *Quand il est passé à la maison fin juillet 2019, et comme on vous l'avait déjà dit la première fois que vous êtes venu nous voir, Pascal nous avait clairement confirmé qu'il allait bientôt partir à l'étranger* »

Langlois (cachant mal son impatience) : « *Vous avez trouvé un enregistrement de lui ?* »

Mme Coggioni (reprenant la parole) : « *Oui... dans sa chambre..., dans le dernier tiroir de sa table de chevet, au fond d'une boîte de cartes postales échangées avec nous quand il était en colonie de vacances. C'est un miracle d'ailleurs que je sois tombée sur cet enregistrement car je ne le cherchais naturellement pas. Je voulais juste relire ses cartes postales. Et bien sûr, lui-même ne nous avait volontairement rien dit à propos de cet enregistrement* »

Langlois (plus qu'impatient) : « *Vous avez un lecteur de cassettes là, que je puisse l'écouter...* »

M Coggioni : « *Naturellement... on vous a fait venir pour cela... même si en tant que parents, nous sommes effondrés d'avoir eu à entendre cette... (hésitant)... disons confession même pas posthume puisqu'il est mort, assassiné, une semaine après l'avoir cachée dans le tiroir de sa chambre »*

S'ensuivit alors un grand moment solennel, empli d'intense curiosité pour l'un, d'abattement résigné pour le vieux couple Coggioni. Après l'avoir connectée, la cassette se mit à grésiller.

« Aujourd'hui 25 juillet 2019… mes très chers parents, je ne sais pas trop quand vous écouterez cette cassette. J'imagine que ce sera probablement dans pas mal de temps mais peut-être pas après tout. Je vais très bientôt quitter la France pour une destination étrangère dont je tairai le nom, pour ma propre sécurité et la vôtre. Ces deux dernières années, j'ai multiplié les erreurs et j'ai perdu pas mal d'argent pour avoir trop joué et surtout beaucoup perdu. Je dois désormais un paquet d'argent à beaucoup de monde et comme je suis à sec, ces personnes vont bientôt me rechercher pour se faire rembourser. Du coup, je n'ai pas peur de vous avouer que désormais même ma vie est menacée. Il se trouve que ces dernières semaines une personne du nom d'Aline Gervois m'a contacté pour me proposer un marché qui m'a semblé sur le coup une magnifique aubaine pour moi, un truc presque trop beau. Elle a imaginé posséder une dernière lettre posthume d'Annie mettant gravement en cause ce salaud de Jean Héras. Cette dénommée Gervois avait notamment besoin de moi pour que je lui ramène un exemplaire de son écriture. En dehors du plaisir de vous revoir ce fut la principale raison pour laquelle je suis venu chez vous en juin dernier. J'ai ainsi pu prendre sur place une photo de son écriture. C'était important car nous sommes trois dans le coup : un dénommé Michel Delcourt - le dernier petit ami d'Alain Héras - qui sait imiter les écritures de tout le monde et donc cette Aline Gervois, avec qui j'ai même eu une brève relation, mais surtout celle qui a eu l'idée de faire chanter Jean Héras. À trois, nous lui avons envoyé un courrier au début de ce mois de juillet. Il nous a répondu favorablement et devrait nous verser à la fin du mois, du moins nous l'espérons, une somme de dix millions d'euros sur un compte anonyme ouvert à l'étranger par Gervois et Delcourt. Pour l'instant, il est prévu que je touche un million d'euros, les deux autres se partageant les neuf millions restants. J'ai cependant bien l'intention de leur demander un million de plus car sans rentrer dans le détail, je les ai bien aidés à brouiller les pistes. L'échéance de paiement est donc très proche. J'ai l'espoir que tout se passera bien entre nous trois mais si ça ne devait pas être le cas, je n'hésiterais pas à me substituer à Delcourt qui est un sale type, névrosé et sournois comme pas possible. Cela dit, je crois bien que la pire est cette Aline Gervois qui m'a bien déçue, encore plus fausse que l'autre. Elle ne recule vraiment devant rien et essaie en permanence de nous monter l'un contre l'autre. Delcourt m'a même avoué que c'est elle qui avait empoisonné il y a quelques mois Alain Héras en maquillant sa mort en suicide. Il a même rajouté qu'elle partait du principe que le chantage à Jean Héras ne pourrait jamais se faire du vivant de son demi-frère. Elle lui aurait même précisé que ce dernier voulait toujours plus ou moins se suicider Sans honte, elle lui aurait alors dit : « *Tu comprends, il veut toujours quitter ce monde. Je lui ai, en quelque sorte, rendu service...* ». En conséquence, juste avant de quitter la France, je laisse derrière moi cette cassette pour plusieurs raisons. D'abord, c'est un vrai au revoir à mes chers parents puisque je vais partir à l'étranger me faire oublier de pas mal de monde pendant probablement de nombreuses années.

Ensuite c'est une pré-confession rapportée à ce qui pourrait éventuellement m'arriver dans les tout prochains jours. Peut-être en effet que c'est ce Delcourt qui aura ma peau, peut-être aussi qu'ils se mettront à deux pour m'avoir. Peut-être enfin que c'est Aline Gervois qui partira seule à l'étranger après nous avoir éliminés tous les deux. Peut-être aussi que ce seront mes créanciers qui grilleront tout le monde. Tout est possible avec ce dingue de Delcourt, cette sournoise de Gervois et ces malfrats des jeux d'argent. Mais si vous apprenez que Delcourt ou Gervois m'ont dégommé au dernier moment *(en haussant le ton dans la cassette)*, **je veux que vous portiez cette confession présente aux flics pour que ces salauds ne s'en tirent pas devant la justice.** Si vous écoutez cette cassette dans quelques jours ou quelques semaines, c'est vous qui apprécierez la situation. j'espère que je serai alors déjà parti à l'étranger, bien loin de toutes mes emmerdes actuelles… Du coup, je vous embrasse très très fort et probablement pour la dernière fois avant longtemps. « Avvedici » et portez-vous bien… votre fils qui vous aime. Pascal… »

Après avoir écouté cette cassette, un silence pesant se fit dans la maison des Coggioni. Ce fut l'inspecteur Langlois qui reprit la parole le premier.

Langlois : « *Déjà, madame, monsieur…. et bien que cette confession pré-posthume ait forcément été dure à entendre pour vous deux, je vous remercie d'avoir eu le courage de m'en communiquer la teneur. Elle éclaire considérablement le final de cette affaire hors normes. Vous avez donc eu forcément raison de me la faire écouter puisque de toute façon, rien ne vous rendra votre fils, mort cinq jours après cet enregistrement…* »

M Coggioni : « *Justement, à ce sujet et d'après ce que votre enquête a établi, avez-vous la moindre idée de qui a tué au final notre fils ? Je reconnais que ma question est peut-être sans réponse vu le nombre de gens qui visiblement voulait sa peau, mais sait-on jamais ? Vous avez peut-être désormais la réponse…* »

Langlois (comme souvent ne répondant pas directement à la question) : « *Madame, monsieur, vous comprenez bien que désormais, je suis tenu de récupérer cette cassette faisant partie intégrante de l'enquête en cours.* (en la prenant des mains de monsieur Coggioni) *je vous remercie vraiment de votre aide et de cette communication majeure qui n'a pas dû être facile pour vous étant donné son contenu. Je vous ferai parvenir très prochainement un courrier officiel reprenant la totalité des propos tenus par votre fils dans cette cassette, s'apparentant à de véritables adieux* »

M Coggioni : « *on vous en remercie, mais comme souvent, vous n'avez pas répondu à ma question ?* »

Langlois (sibyllin) : « *Ecoutez, le contenu de cette cassette est primordial dès lors que pour la première fois depuis le début de cette enquête nous pouvons entendre de vive voix les propos d'un protagoniste majeur de l'affaire, un acteur de cette histoire s'étant déroulé l'année dernière, donc un protagoniste décédé bien « avant » que nous n'intervenions. Pour autant, savoir qui a tué votre fils reste toujours aussi compliqué à déterminer… mais comme je suis un flic tenace j'ai encore une dernière carte à jouer et je ne vais pas me priver de la mettre sur la table… je ne peux vous en dire plus pour l'instant…* »

M et Mme Coggioni : « *On vous fait confiance monsieur l'inspecteur…* ».

31)   La dernière carte

De retour à Saint-Germain, l'inspecteur Langlois provoqua le lendemain de sa dernière visite aux Coggioni une nouvelle réunion avec son supérieur le commissaire Serviano et son collègue l'inspecteur Ferruci. Ces deux derniers avaient déjà été informés la veille par Langlois du contenu explosif de sa visite chez les Coggioni. Une nouvelle journée s'annonçait. Nous étions très précisément le lundi 12 octobre 2020.

Langlois « *Messieurs… après y avoir réfléchi toute la nuit, je pense avoir enfin trouvé celui qui a percuté à mort Pascal Coggioni dans la soirée du lundi 5 août 2019 au Plessis-Robinson…* »

Serviano (à priori admiratif) : « *Sacré Max. J'attends de t'écouter à ce sujet et même si tu racontes n'importe quoi, je suis heureux de savoir que tu es ressorti de ta niche…* »

Ferruci (avec humour) : « *Tu t'es même sans doute autoarraché ta muselière… ou tu portes un masque la nuit ?…* »

Langlois : « *On ne parviendra jamais à me museler. Je suis fait pour ce boulot, c'est tout…* »

Serviano : « *Alors Max, on t'écoute…* »

Langlois : « *Voyez-vous, durant la durée de cette enquête nous n'avons pas été que trois à bosser sur ce dossier. Il y a eu également Jean-Marie, Christine et Hélène… et c'est cette dernière qui m'a donné la clé…* »

Serviano : « *je me rappelle oui… à elle, tu lui avais donné une mission je crois du côté de l'hôpital de Meudon…* »

Langlois : « *Oui, je lui avais demandé de fureter là-bas le week-end uniquement et d'interroger les collègues de Gervois à l'hôpital de Meudon* »

Ferruci : « *Pourquoi le week-end ?* »

Langlois : « *Parce que très officiellement, elle n'est pas de service le week-end. Elle travaille uniquement en semaine… mais parfois elle est d'astreinte le samedi et ou le dimanche…* »

Serviano : « *Si je me souviens bien, le dimanche 4 août 2019, d'après le compte-rendu d'Hélène, Gervois était justement de service à l'hôpital. En somme un excellent alibi…* »

Langlois (ne relevant pas) : « *J'ai vérifié avec Hélène. Savez-vous que lors de ces soirées et nuits d'astreinte, le personnel de l'hôpital tourne avec 5 à 10 % des effectifs totaux ?…* »

Serviano : « *Donc, il n'y a plus grand monde à l'hôpital dans ces créneaux horaires là. Les visiteurs sont partis, les médecins aussi, sauf ceux de garde – des internes en général - et pareil pour les auxiliaires tels les infirmiers ou gardes malades…* »

Langlois (en mode bulldozer) : « *Savez-vous encore combien il y a de kilomètres entre le domicile de Pascal Coggioni au Plessis-Robinson et l'hôpital de Meudon où travaille madame Gervois ?…. ne cherchez pas, je vous donne la réponse…. un peu plus de 6 kilomètres, à peine 20 minutes en voiture… surtout en soirée…* »

Ferruci : « *D'accord, mais c'est un « 4-4 » noir qui a percuté Coggioni. Madame Gervois ne possède pas ce véhicule et il a été établi qu'elle n'avait rien loué du tout…* »

Langlois : « *Hé oui, c'était la grande impasse jusqu'à présent mais j'ai demandé à Hélène, il y a peu, dans votre dos à tous les deux, si quelqu'un de l'hôpital de Meudon possédait un « 4-4 » de cette couleur ou avait possédé dans le passé une voiture de ce type ?* »

Serviano : « *Ne me dis pas que c'est le cas !* »

Langlois : « *Hé si patron, un ponte, le docteur Petitdidier, spécialiste en cancérologie est un fan de ce genre de véhicule. Il en aurait même deux. Il viendrait tantôt avec son « Duster noir » tantôt avec son « Land rover gris… »*

Ferruci : « *Et les clés du véhicule alors ?* »

Langlois : « *Il se la jouait grand seigneur en permanence… c'était connu dans la maison* (en souriant) *jusqu'au 4 août de l'année dernière précisément ou son beeper de voiture qu'il laissait traîner en permanence sur son bureau a disparu dans le courant de l'après-midi. Lui n'était naturellement pas d'astreinte. Il donnait un cours spécifique à des internes. Du coup, il paraît qu'il ne s'en est aperçu qu'en fin de journée mais comme son véhicule était toujours en place sur le parking réservé au personnel soignant, il ne s'est pas inquiété plus que ça de cette perte apparente. Un collègue l'a raccompagné chez lui. Et l'épouse l'a ramené au parking de l'hôpital le soir même pour qu'il puisse reprendre son véhicule avec le beeper de secours…. sauf qu'entretemps, patron, vous l'avez deviné, le « 4-4 » avait bel et bien disparu du parking !… ».*

Serviano (sifflant) : « *Gonflée la petite Gervois… a-t-il au moins retrouvé son « Duster » même tout cabossée à l'avant ?* »

Langlois : « *oui…, il l'a retrouvé effectivement assez abimé à l'aile droite avant… mais trois jours plus tard !… le véhicule était garé dans l'une des rues adjacentes à l'hôpital de Meudon, avec une « prune » d'ailleurs. C'est l'une des aides-soignantes de l'hôpital qui l'a reconnu »*

Ferruci : *« Et le premier beeper ? »*

Langlois : *« Naturellement, celui-là, on ne l'a jamais revu… »*

Serviano : *« Mais dis-moi Max, c'est pas toi qui nous disais qu'une petite femme de 1m53 ne pouvait pas conduire ce type d'engin ? »*

Langlois : *« Je n'ai pas dit non plus que j'étais infaillible… d'ailleurs d'une façon générale j'ai vraiment galéré dans cette affaire. J'ai dit pas mal de conneries avant que le bon scenario se dégage enfin. Ce que je n'ai pas vu notamment, c'est qu'on avait à faire certes à un petit bout de femme… mais rouée, manipulatrice et dotée d'une énergie peu commune… »*

Ferruci : *« Depuis la semaine dernière, elle était sous contrôle judiciaire… que va-t-il se passer pour elle ? »*

Serviano : *« Beaucoup d'ennuis désormais car le message audio de Coggioni n'est pas un enregistrement direct fait à l'insu de Gervois mais plutôt une confession générale et sans contrainte d'un des acteurs majeurs de cette histoire. Vu ce que tu viens de nous dire, elle aura donc beaucoup de mal à prouver son innocence dans le meurtre de Pascal Coggioni. Elle en avait le mobile : se débarrasser de son dernier complice qui en savait bien trop et qui voulait de plus amputer sa part si Héras se décidait à payer. Elle en avait le temps – Meudon – Plessis-Robinson – Max vient de nous le dire, ce n'est pas la mer à boire et elle en avait le moyen : Le « 4-4 » noir du docteur Petitdidier…. Au passage, on s'est escrimé ces derniers jours à chercher des locations de véhicules alors que l'arme du crime se trouvait tout bêtement dans le parking de son lieu de travail. Mais tout ceci ne nous concerne plus désormais. La balle est dans le camp de monsieur Granger... et j'en suis bien heureux... »*

Langlois : « *Je rajouterai quelque chose. Quand j'étais à la niche, j'ai continué de réfléchir et je me suis alors souvenu de ce que nous avait raconté la petite Gervois quand on l'a fait venir au commissariat le 12 septembre dernier. Sa lettre extérieure la menaçant directement, reçue début août 2019, donc très tôt rapportée aux deux crimes majeurs de l'affaire était forcément bidon. Comment la supposée équipe de malfrats extérieurs aurait-elle pu être témoin d'un premier meurtre de Coggioni sur Delcourt. Puis d'un second meurtre d'une personne X sur Coggioni. On a démontré à l'envi que l'entourage de Jean Héras ne connaissait ni Delcourt, ni Coggioni. Donc, son papier était bien bidon. En conséquence, même s'il n'y avait pas eu l'enregistrement de Coggioni, on l'aurait vraiment cuisiné jusqu'à ce qu'elle lâche le morceau... à minima sur son crime contre Coggioni, « 4-4 » volé à l'appui... »*

Ferruci (taquin) : « *Sacré pitbull ! Mais dis-moi, Max, si tu avais quand même une dernière chose à dire concernant cette affaire vraiment spéciale, tu dirais quoi ?... »*

Langlois : « *Qu'elle a démarré sur la base d'une lettre réelle n'ayant pourtant jamais existé et qu'elle s'est terminée par une confession réelle qui n'aurait jamais dû être lue... comme quoi il faut toujours croire au père Noël et relire les cartes de vacances de ses enfants.... forcément, ce sont des cartes pleines de bonnes nouvelles... ».*

****

TABLE DES MATIERES

01) Une bien mauvaise rencontre…   01
02) « Hola… pas si vite… »   03
03) L'identification   04
04) Le relais   06
05) Filière familiale   12
06) Le fantôme de la rue Hardouin   18
07) La dernière piste   20
08) Auxiliaire de justice ?   25
09) Deux pistes nouvelles   34
10) Un autre monde   41
11) L'inconnue de 1986   46
12) Douleurs familiales   48
13) Esquisse d'un premier scenario   54
14) Quelle suite ?   61
15) Sur la piste de…   63
16) Stop ou encore   70
17) L'interrogatoire qui ne disait pas son nom   75
18) Des morts… et un vivant !   87

19) Coups pour coups	93
20) Retour rue des Perdrix	101
21) Un deal à sens unique	106
22) Dans le dur… des deux côtés	111
23) La croisée des chemins	119
24) Retour à Mennecy	124
25) Langlois dans ses œuvres	131
26) Du noir dans la nuit	136
27) Regain	140
28) La première heure de vérité	145
29) La dernière inconnue	154
30) Retour posthume	158
31) La derniè carte	165
32) Table des matières	171

****

Romans policiers déjà édités par l'auteur chez BoD

- L'affaire Dekerk   02/2020
- A couper le souffle   07/2020
- Faux-semblants   07/2022